KB189996

안녕, 서원

안녕, 서원

초판 1쇄 인쇄일 2022년 12월 30일
초판 1쇄 발행일 2023년 01월 16일

글·사진 박수연
펴 낸 이 양옥매
디 자 인 표지혜
교   정 조준경

펴낸곳 도서출판 책과나무
출판등록 제2012-000376
주소 서울특별시 마포구 방울내로 79 이노빌딩 302호
대표전화 02.372.1537   팩스 02.372.1538
이메일 booknamu2007@naver.com
홈페이지 www.booknamu.com
ISBN 979-11-6752-263-4 (03810)

안녕, 서원

글·사진 **박수연**

책나무

길을 잃었을 때 서원을 만났습니다.

이 책의 목적은

서원에 대한 정보를 전달하는 데 있지 않습니다.

서원에서 생각하고 배우고 느꼈던

그 따뜻한 순간을 나눕니다.

유네스코 세계문화유산에 등재된 한국 서원 9곳을

직접 찍고 써서 담아내었습니다.

삶이 지치고 힘들 때

사색과 쉼이 필요할 때

삶의 진정한 가치에 대해서 고민하고 싶을 때

이 책이 당신께 기꺼이 그러한 공간이 되길 소망합니다.

안녕, 서원

그대의 삶 속에
그대의 안녕을 위한
사랑과 위로의 조각으로 기억될 수 있다면
그것으로 넘치게 감사합니다.

나 자신을 사랑으로 대할 것을
내 이웃을 사랑으로 마주할 것을
내게 맡겨진 일을 사랑으로 행할 것을
나의 삶을 사랑으로 살아 낼 것을

서원합니다.

작가의 말

차례

:: 하마비, 필암서원 ::

안녕, 서원

들어서며, 하마비

서원의 정문에 들어서기 전
땅에 놓여 있는 돌이 있다.

하마비는 신분의 높고 낮음을 막론하고
말을 타고 있던 모든 사람들이
말에서 내려야 한다는 의미를 지닌다.

서원에 들어서는 사람은 높아져 있던 마음을 낮추고
겸손한 마음으로 예를 갖추어 서원에 들어서야 했다.

이 책을 읽기 전
당신의 마음의 무거운 모든 것들을
잠시 내려놓았으면 좋겠다.

내가 서원을 만난 것은 길을 잃었을 때였다.

배우는 것이 좋았으나
어느 곳에서 무엇을 배워야 할지 몰랐다.
쓰는 것이 좋았으나
어떤 이를 위해 어떻게 써야 할지 몰랐다.

산을 오르고 있다 생각했는데
동그라미를 돌고 있을까 두려워
진정한 스승을 찾아 헤매었다.

이곳에서
그대가 잠시 멈춰 숨 쉴 수 있기를 바란다.
삶의 진정한 가치에 대해 사색해 보길 바란다.

바른 가치를 지닌 한 곧은 사람의 삶이 남긴 것은
감히 시간조차 흩어 놓을 수 없는
힘을 가졌음을 느낄 수 있기를

그리고 당신이 그러한 사람으로 살아갈 수 있기를 바란다.

들어서며, 하마비

하나

소수,
그래야 우리는
넘어설 수 있다

• 1543 •

소수서원

Sosu-seowon

서럽게 울 것 없다
그렇기에 목 놓아 울어도 괜찮다

안녕, 서원

우리는 저마다 자신만의 아픔과
삶에서 견뎌 내야 할 슬픔이 있다.

누군가의 삶을, 그 사람의 사람됨을
쉽게 판단하고 이야기할 수 없는 까닭이 여기에 있다.

비교할 것 없다.

곁에 있는 이들이 나의 옆에 있기에
같은 길을 가고 있는 것 같으나 그렇지 않다.

우리는 모두 누구도 대신 살아 줄 수 없는
자신만의 길을 걷는 중이다.

아무리 부러운 인생도

아무리 아픈 인생도

자신이 살아 내야 한다.

목숨 내어 줄 만큼 사랑해도,

보기도 싫을 만큼 미워도

그 인생은 그 사람이 살아가야 한다.

고된 여정에 남을 발 걸어 넘어뜨리지 않고

좋은 동행이 되어 주는 것이

우리가 서로에게 내어 줄 수 있는 최선의 어깨였다.

안녕, 서원

다른 이와 경쟁하며 걷는 것이 아니라
나의 길을 정직하게 마주할 때

나의 길가에 핀 예쁜 꽃들도, 따스한 햇살도
푸르른 하늘도 행복으로 느끼며 살아갈 수 있다.

저마다의 속도가 있고
저마다의 길이 있다.

낙락장송(落落長松)

소수서원으로 들어서기 위해 걸음을 걷다 낙락장송으로 불리는 소나무 군락을 만났다. 푸르른 수백 그루의 소나무를 바라보니 '키가 매우 크고 가지가 축축 늘어진 오래된 소나무'를 뜻하는 낙락장송이란 표현이 마음으로 와 닿았다.

훌륭하고 본받을 수 있는 인물을 묘사할 때에도 낙락장송이라는 표현을 사용하곤 한다. 소수서원에서 학문을 배우는 이들이 수백 그루의 잘 자란 소나무들처럼 낙락장송이 되어 세상 속의 푸른 소나무가 되길 바라는 마음이 심긴 듯 느껴졌다. 소나무는 아무리 추운 겨울이라도 푸르르게 견디어 내기에 선비의 정신을 배울 수 있는 나무라고 하여 '학자수'라고도 불린다.

삶을 살아가다 보면 참 추운 시절이 있다. 인생의 어려움과 고된 시절을 지날 때에도 중요한 것을 잊지 않고 나의 삶에 충실히 정진하는 태도는 단순히 학문을 공부하는 사람들에게만 중요한 것은 아닐 것이다. 포기하지 않는다면, 분명 그 추위는 지나가고 따뜻한 봄이 온다.

작별

소수서원의 정문으로 들어서기 전 왼쪽을 바라보면 봉긋한 둔덕이 마치 거북이가 알을 품은 것 같다 하여 '영귀봉'이라고 불리는 언덕이 있다. 수백 그루의 적송에 둘러싸인 영귀봉에는 근심으로 넋을 잃는다는 다소 슬픈 의미가 담긴 '소혼대'가 자리 잡고 있다.

소혼대는 서원에 들어서는 이들이 작별을 할 때 아쉬운 마음을 나누던 장소였다. 학문을 위해 서원에 들어서기 전, 작별하는 장소가 마련되어 있는 것은 참 인상적이었다.

학문을 시작하는 마음을 생각하는 것은 결국 배움의 끝을 고민하게 했다. 배우고 성장하기 위해 서원에 들어서는 이들은 그 문을 넘기 전, 어떠한 것을 내려놓고 들어서야 했을까. 무엇을 배웅하고 들어서야 했을까. 누구와 이별하고 들어서야 했을까. 결국 무엇을 꿈꾸기에 그리하였을까.

안녕, 서원

경렴정에서

풀은 예사롭게 자라고
시냇소리 그치지 않네
지나가는 길손은 미덥지 못하여
맑고 깨끗하게 비어 있는 이 정자여

– 퇴계 이황, 「경렴정」

안녕, 서원

소수서원에는 눈길을 사로잡는 정자가 하나 있다. 경렴정 (景濂亭)은 1543년, 주세붕이 세운 것으로 우리나라에서 손꼽히게 오래된 정자이다. 경렴정이 특별한 이유는 경렴정에 오르면 죽계천을 따라 흐르는 물과 함께 수려한 장관이 펼쳐지기 때문이다. 이곳에 앉아 시를 짓고 학문에 대해 고민하였을 수많은 사람들의 이야기에 귀 기울여 볼 수 있는 곳이었다.

다른 서원의 누정들은 대부분 서원 내부에 누각의 형태로 세워져 있는데, 소수서원은 서원 밖에 정자의 형태로 위치해 있었다. 소수서원은 정형적인 서원의 틀이 만들어지기 전에 세워졌기에 곳곳에서 그 최초의 서원이라는 흔적을 만날 수 있었다.

글자의 모양이 반듯하게 쓰인 서체를 '해서'라고 하고 흘려서 쓴 서체를 '초서'라고 한다. 경렴정의 현판 중 '해서'로 쓰인 현판은 퇴계 이황의 글씨이고 '초서'로 쓰인 현판은 제자 고산 황기로가 스승인 퇴계 이황 앞에서 매우 떨리는 마음을 가지고 쓴 현판이다. 황기로가 떨리는 마음에 손이 떨려 제대로 쓰지

못하자 이황이 자리를 피해 줘 제대로 현판을 쓸 수 있었다는
이야기도 전해진다.

스승과 제자의 현판이 함께 걸려 있는 정자는 뛰어난 제자
와 그 제자를 키워 낸 훌륭한 스승 사이에 흘렀을 빛나는 배움
의 시간을 헤아려 보게 한다.

자연 속의

서원에서 가장 음미하고픈 순간은
모든 것이 자연과 어우러지는 느낌이 드는
그 찰나를 만났을 때이다.

건축물과 자연이 어우러지고
결국 그 안에 서 있는 사람 또한
자연으로서 한 폭의 동양화가 그려지는 장면은
서원으로 발걸음을 향할 충분한 이유가 되어 준다.

높게 들어선 건물들 틈에서
자연의 색을 발견하는 것조차 어려운
하루하루가 쌓여 갈수록

푸른 하늘과 나무 곁에서
참된 것에 대해서 고민할 수 있는 시간이 절실하다.

서원에서는 그 잊고 있던 것이 되살아난다.
그 놓치고 있던 가치를 고민하게 한다.

죽계수는 낙동강의 원류를 이룬다. 나라의 젖줄기 되어 흐르는 큰 강의 시작이 이 죽계천이듯, 한 나라를 휘감을 큰 시대의 물줄기 또한 한 사람, 한 사람의 끊임없는 배움과 정직한 열망으로부터 뿜어져 나갈 것이다.

죽계천 너머 보이는 취한대(翠寒臺)는 퇴계 이황이 직접 경자 바위 위에 터를 닦고 대를 쌓아서 소나무와 대나무 등을 심고 '취한대'라고 이름한 것을 본받아서 1980년대에 지어진 건물이다. 푸른 산 기운과 맑고 시원한 물빛에 취하여 시를 짓는다는 의미를 지니고 있다.

이렇듯 자연은 인간의 감성과 지성을 살아 숨 쉬게 하는 끝없이 깊은 원동력이다.

안녕, 서원

:: 취한대(翠寒臺), 소수서원 ::

백운동 생도들에게

- 퇴계 이황

소백산 남쪽 옛날 순흥 고을
죽계 찬 냇물 위에 흰 구름 드리웠네
인재 기르고 도를 밝힌 공 한없이 우뚝하고
사당 세워 현자를 높임은 우리나라 효시였네
우러르고 사모하며 모여드는 저 인재들
학문 닦는 것이 출세를 위함이 아니라네
옛분 볼 수 없어도 그 마음 느껴지니
차고 맑은 저 냇물에 휘영청 밝은 달빛

안녕, 서원

가르침에는 차별이 없다
"유교무류(有敎無類)"

소수서원 정문인 지도문을 지나고 나면 우리나라 보물 제
1403호인 강학당을 만나게 된다. 강학당은 소수서원의 중심이
되는 강학 공간으로 앞면은 3칸이고 옆면은 4칸 규모의 기와
집이다.

강학당 앞의 '백운동'은 소수서원이라는 사액을 받기 전의
이름이다. 백운동이라고 이름한 것은 구름과 산, 언덕과 강물,
그리고 흰 구름이 항상 골짜기에 가득하기 때문임을 주세붕이
목사 안휘에게 보낸 편지에서 확인할 수 있다.

명종의 친필 소수서원 편액이 강학당 대청에 걸려 있다. 이
강학당을 거쳐 간 사람들은 약 4천여 명이 넘는다. 소수서원
은 단순히 좋은 집 자식들, 혹은 엘리트들만을 위한 공간이 아
니었다. 퇴계는 배움을 열망하던 무쇠장이도 제자로 삼았다고
한다. 이곳은 진정한 가르침을 구하는 사람들을 위한 공간이

었다.

 특별하게 소수서원은 '하학상달'의 배치로 건물이 구성되어 있다. 건물의 배치 순서 자체가 학문의 차례를 의미하는 것이다. 지락재는 독서를 통한 학문의 즐거움을 의미하며 이를 시작으로 하여 학문을 공부하는 학구재, 날마다 새롭게 한다는 일신재, 그리고 깨어 마음을 곧게 한다는 직방재, 마지막으로 세상의 이치를 밝히게 되는 강학당에 이르도록 배치되어 있다.

 소수서원은 학문에 대한 진심이 느껴지는 장소였다. 진정한 학문이 무엇인지 깊이 고민한 흔적이 곳곳에 묻어 있었다.

:: 백운동(白雲洞), 소수서원 ::

가치를 세우는 것

안녕, 서원

백운동 서원은 한국 최초의 서원이다. 세워질 당시 관학이었던 향교는 부패하여 제 기능을 다하지 못하는 상황이었다. 풍기 군수로 부임한 주세붕은 향교 대신에 백운동 서원의 건립을 추진하기 시작했으나 만만치 않은 반대에 부딪혔다. 사람들은 이미 향교에서 제향의 기능을 담당하고 있는데, 도대체 흉년인 이때에 왜 서원을 건립하느냐며 반대했다.

그러나 주세붕은 포기하지 않았다. 교화가 기근을 처리하는 일과 같거나 보다 시급한 일이라고 여겼기 때문이다. 존경할 만한 성현들을 본받지 않으면 신망을 얻기 위해 선량함을 가장하는 향원의 행적을 따르게 될 것이니 반드시 배움이 필요하다고 사람들을 설득하였고, 마침내 백운동서원을 건립하였다. 그렇게 설립된 백운동 서원은 수천 명의 인재를 양성하는 나라의 근본을 세우는 학문의 요람이 되었으며 오늘날에 이르기까지 이곳에서 우리에게 학문이란 무엇인지 고찰하게 한다.

어떠한 험난한 상황 속에서 단순히 눈앞에 닥치는 일에만 몰두하는 방식만으로는 본질적인 문제를 해결하는 것에 한계가 있을 것이다. 문제의 본질을 꿰뚫어 볼 수 있는 분별력이 필요하다. 사람들이 어떤 목표를 해내도록 만드는 데 있어 당장 그 일을 하는 방법을 알려 주고 그냥 하라고 하는 것보다 그 목표가 지닌 가치를 깨닫도록 하여 마음에 그 꿈이 심기도록 하는 것이 보다 효과적이다.

부정과 부패로 어려운 상황 속에서 닥친 기근이라는 어려움을 해결하기 위해서는 당장 아끼고 버티는 것과 동시에 공의롭고 정직한 나라를 만들어 가기 위한 노력 또한 병행되어야 한다. 더 좋은 세상을 만들고 싶다면 사람들의 마음에 더 좋은 세상이 되기 위해 필요한 가치를 세워 주어야 한다. 그것을 가능하게 만드는 큰 힘을 가진 방법이 바로 '교육'이다.

안녕, 서원

날마다 학문을 새롭게,
언제나 깨어 마음을 곧게

일신재와 직방재는 가르치는 사람들의 일하는 곳이자 거처였으며 동재와 서재가 분리되지 않고 한 동으로 이루어진 신기한 형태의 건물이다. '일신재(日新齋)'란 날마다 학문을 새롭게 한다는 뜻이며, '직방재(直方齋)'란 언제나 깨어 있어 마음을 곧게 한다는 의미이다. 가르치는 위치에 있는 사람들이 마음에 새겨야 할 정신일 것이다.

크든 작든, 사람은 자신의 길을 걸어가다 보면 어느 순간 가르치는 위치에 있게 된다. 학문적으로 많이 배우고 사회적인 지위가 높아질수록 자기 스스로를 객관적으로 바라보기가 점점 어려워진다. 우러러보는 많은 사람들의 눈에 자신이 어떻게 비추어질지에 신경 쓰기 바쁘고, 배움에 대해서 게을러지기 쉽다. 우리는 모두 사람이기에, 사사로운 마음에 흔들리곤 한다. 언제나 깨어 마음을 곧게 하는 것은 참으로 어려운 일이다.

벼가 익을수록 고개를 숙인다는 말 속에는 사람이 영글어갈수록 다른 사람을 판단하고 정죄하는 것에서 벗어나 자신을 향한 반성이 늘 있어야 한다는 뜻이 포함되어 있지 않을까. 자신이 가진 것을 손에 쥐고 **뻣뻣하게** 고개를 들고서 다른 사람들의 고개를 숙이게 만드는 사람들이 참 많은 세상이다. 그럼에도 우리는 항상 깨어 있었으면 좋겠다.

남의 고개를 숙이게 만들어 다른 이들의 눈이 때 묻은 나의 발을 바라보게 하는 것이 아니라, 우리 모두 내가 먼저 고개 숙여 다른 이들의 신발 끈을 묶어 주는 사람이 되었으면 좋겠다.

:: 학구재(學求齋) ::

:: 지락재(至樂齋) ::

안녕, 서원

이미 무너진 학문을 다시 이어서 닦는다

"기폐지학 소이수지(旣廢之學 紹而修之)"

1548년, 풍기군수로 부임한 퇴계 이황 선생은 백운동서원을 보고 그 수준을 더욱 높이고 널리 알리기 위해서 편액과 토지를 하사하여 줄 것을 조정에 건의한다. 그로 인해 백운동서원은 1550년 명종이 '소수서원'이라는 편액을 내려 사액서원이 되었다. 소수란 '기폐지학 소이수지'에서 의미를 본떠 온 것으로 이미 무너진 학문을 다시 이어서 닦는다는 뜻이다.

소수서원은 '선례후학(先禮後學)'을 실천하는 장이었다. 지식을 공부하기 앞서 예, 사람의 인간됨을 중시한 것이다. 지식의 습득으로서의 공부도 중요하지만 사람이 사람답지 못하다면 많이 배우는 것조차 재앙일 수 있다.

인간의 성품으로 인하여 수많은 문제가 벌어지고 있는 지금의 현실에서도 외면할 수 없는 문제이기에 공부와 교육의 목적, 그리고 키워 내고자 하는 인간의 인간다움은 우리가 다시

되짚어야 하는 숙제이다.

　지락재와 학구재는 유생들이 공부하며 거처하던 기숙사이다. 배움의 깊이가 더하여지면 즐거움에 이르게 된다는 의미가 담겨 있는 이 공간에서 학생들은 학문을 통해 뜻을 품었을 것이다. 스승이 머물던 곳보다 낮은 높이로 지은 것이 눈에 띈다.

안녕, 서원

그래야 우리는 넘어설 수 있다

바로 세우는 방법 중 하나는
가르침과 배움이다.

세상을 바꾸기 위해서는
함께 손잡고 세상을 바꿀 수 있는 사람들이 필요하다.

한 사람은 끊어지고
두 사람은 당하지만
세 겹줄은 쉽게 끊어지지 않는다고 했다.

때로는 한 사람이 세상에 큰 영향력을 미친다.
그러나 함께 더불어 살아가는 세상이기에
진정으로 세상이 바뀌기 위해서는 함께 가야 한다.

단순히 삶의 편안과 안위를 위해서만 하는 공부가 아니라
삶의 진정한 가치를 깨우치고
더 나아가 세상을 바꾸는'인재'를 키우기 위한 공부가
우리에게 지금 필요한 것이 아닐까.

오늘보다 더 나은 내일을 위해서는
어제를 반성하고 내일을 꿈꾸게 하는
살아 있는 가르침과 배움이 필요하다.

그 너머를 함께 바라보아야 한다.
그래야 우리는 넘어설 수 있다.

안녕, 서원

둘 /
●

남계,
그 부름에
대답하며

남계서원

Namgye-seowon

남계서원

- 퇴계 이황

우뚝한 함양은 정공의 고향이라
백세토록 풍화 전해 길이 덕행을 사모하네
사당 지어 존숭함은 참으로 좋은 일이니
문왕 따라 일어난 호걸들이 어찌 없겠나

안녕, 서원

좌안동 우함양

'좌안동 우함양'은 대표적인 선비의 고장을 표현하는 말로 사용된다. 낙동강 서쪽에 위치한 함양과 낙동강 동쪽에 위치한 안동의 학문적 우수성을 뜻하는 것으로, 이 두 지역은 강줄기 따라 굵직한 배움의 줄기가 흐르던 곳이다.

함양에 위치한 남계서원은 소수서원 다음 두 번째로 지어진 서원이다. 남계서원은 조선시대 성리학의 대학자 일두 정여창의 학덕을 기리기 위하여 1552년 창건되어 1566년 사액을 받았다. 정유재란 당시에 소실되었다가 1849년 다시 중건되었다.

소수서원과 다르게 전학후묘의 구조이며 이후 세워진 많은 서원들이 전학후묘의 구조를 가지게 된 본으로서의 역할을 하게 된다. 전학후묘의 구조는 마치 선현이 뒤에서 후손을 품고 지지해 주는 느낌을 준다.

풍영루

안녕, 서원

서원에 들어서기 위해 만나는 첫 정문은 '풍영루'이다. 정면 3칸 측면 2칸의 팔각지붕을 가진 2층 누각으로 정면에는 풍영루라고 적힌 현판이, 반대편에는 준도문이라고 적힌 현판이 걸려 있다.

본래 남계서원이 세워졌을 때의 정문은 준도문(遵道門)이었으나 어느 정도의 시간이 흐른 후 준도문의 자리에 새롭게 세워진 것이 지금의 풍영루이다. 풍영루란 "무우에서 바람 쐰 후 노래하며 돌아오고 싶다(風乎舞雩 咏而歸)"라는 공자와 제자의 대화에서 따온 이름이며, 준도문은 "군자는 도를 좇아 행한다(君子遵道而行)"라는 의미를 지닌 이름이다.

풍영루에서 유심히 볼 수 있는 것은 유생들이 쉬기도 하고 공부도 하였을 누각의 천장에 그려진 게 그림이다. 이 산속에 웬 게 그림일까 싶겠지만 당시의 게 그림은 특별한 의미를 지니고 있다. 게의 등딱지는 갑(甲)을 나타내는데, 이것은 장원급제를 의미한다. 두 마리의 게가 그려져 있음은 유생들이 초시와 복시 모두 장원급제하길 기원하는 뜻이 담겨 있다.

두 연못

남계서원에 들어서면 아름답고 자그마한 두 연못이 나란히 양쪽에 있는 것을 볼 수 있다. 이 연못을 바라볼 수 있는 마루에는 각각 영매헌과 애련헌이라는 현판이 달려 있다.

'영매헌'은 매화를 읊는 집이라는 뜻이며, '애련헌'이라는 이름은 정여창이 연꽃을 사랑했던 마음을 표현한 것으로 중국 유학자 주돈이 쓴 시 「애련설」에서 따온 것이다. 이 시는 연꽃을 흙탕물에 자라도 더러움에 물들지 않고 깨끗한 물에 씻겨도 요염하지 않는 것으로 표현하며, 이를 군자의 성품에 비유하였다.

정여창뿐만 아니라 학문을 했던 많은 학자들이 연꽃을 좋아하는 이유는 진흙탕 속에서도 꼿꼿하게 살아가며 아름다운 꽃을 피우기 때문이다. 아무리 세상이 어렵고 힘들지라도 품위를 지키는 고고한 선비의 지조를 상징한다.

안녕, 서원

인생에는 스스로 어찌할 수 없이 주어진 상황이 있다. 삶은 결국 그 상황 속에서 무엇을 피워 낼 것이냐의 문제일 것이다. 바꿀 수 있는 것에 집중하여 마침내 자신만의 꽃을 피워 내야 할 것이다.

당신은 눈에
무엇을 담는가

눈에 담는 것은 마음에 담는 것이다.
바라본다는 것은 우리의 생각보다 많은 의미를 내포한다.

연못을 눈에 담은 유생들의 마음에
어떻게 살아가야 하는가에 대한 자세가 품어졌듯 말이다.

보는 것은 사람의 마음에 불씨를 지피기도 하고,
요동치고 흔들리는 번뇌를 붙들어 내기도 한다.

눈에 담은 운동력 있는 말씀은
한 사람의 삶을 단숨에 바꿔 놓기도 하며

모든 것을 포기하고 싶을 때
사랑하는 사람을 눈에 담으며
다시금 일어나 살아 나갈 힘을 얻는다.

한숨이 꺼지도록 내쉬던 어머니가

다음 날 다시 일하러 나가는 것은

전날 밤 보았던 자식의 얼굴이 마음에 담겼기 때문이다.

내가 바라보는 것으로 나의 마음과 시간은 채워진다.

그것은 삶을 바꿀 수 있는 힘을 지녔다.

안녕, 서원

마음

동재와 서재는 유생들의 거처였다. 동재는 '양정재'로 바른 마음을 기른다는 뜻이며, 서재는 '보인재'로 인을 함께 배워야 함을 뜻한다. 기숙사의 이름에 바른 마음에 대한 뜻이 담겨 있었다. 이 서원의 교육이 무엇에 중점을 두었는지 느낄 수 있는 부분이었다.

:: 보인재와 영매헌 ::

지향점

그저 앞으로 나아가고 싶어 달리는 것은
어디로 가는지도 모르는 채 달려 나가는 것과 같다.

배워야 할 시절에 배우는 것
배워 나가는 시절에 자신에 대해 이해하는 것
그리고 매 순간
자신과 자신의 삶에 대해 고민하는 시간이 필요하다.

사람마다 본인의 고유한 성향과 기질이 있으며
자라며 받은 상처와 지닌 기쁨이 다르다.

나의 삶의 목적에 대해 들여다보고 생각하는 것은
삶을 위한 공부의 기본이다.

그 기본이 탄탄할 때

어떠한 가치를 추구하며 살아갈 것인가를

정의하며 나아갈 때

자신의 삶의 지향점을 발견할 수 있을 것이다.

일두 정여창의 ‘효’

일두 정여창은 효행으로 문묘에 종사가 된 유일한 사람이다. 정여창은 1450년, 명망 있던 하동 정시 집안의 장손으로 태어났다. 정여창의 아버지인 정육은 이시애의 난을 토벌하다가 전사하게 된다. 그 당시 정여창의 나이는 18세로 어린 나이었으나 아버지의 죽음을 전해 듣고 시신을 수습하기 위해 함양에서 길주로 한 달여에 걸쳐 달려갔으며 결국 시체들 사이에서 아버지의 시신을 찾아와 고향에서 정성을 다하여 장례를 치렀다. 열여덟의 나이에 아버지를 잃은 청년 정여창은 그 슬픔을 술로 달래며 방황의 시간을 보내게 된다.

어느 날, 정여창의 어머니는 아들을 불러 아버지가 떠난 상황에서 너까지 이러하면 누굴 믿고 의지하겠느냐며 꾸짖었다. 정여창은 어머니의 꾸지람 이후 술을 입에도 대지 않겠다고 다짐하고 학문의 길로 돌아온다. 이 다짐은 훗날 임금 앞에서까지도 지켜졌다. 그 당시 임금이 주는 술을 받지 않는 것은 목숨이 위험할 수도 있는 행위였다. 그러나 정여창은 성종이 하사한 어주 앞에서 어머니와의 약조를 이야기하며 술을 마실 수 없다고 아뢰며 마시지 않았다. 그러자 성종이 효자의 술은 자신이 마셔 주겠다며 그 술을 대신 마셔 주어 화를 피했다는 일화가 전해진다.

정여창은 아버지의 죽음 이후 항상 어머니를 기쁘게 해 드리기 위해 노력하며 지극정성 효심으로 어머니를 모셨다. 김종직의 제자로 학문을 공부하던 정여창은 벼슬에는 뜻이 없었다. 그러나 어머니의 뜻에 따라 서른이 넘어 진사시험을 보아 성균관에 들어가게 된다.

입교한 뒤 공부에 매진하던 중 고향에 어머니를 보기 위해 내려갔을 때 마을에는 역병이 돌고 있었다. 역병은 심각한 상황이어서 마을 사람들조차 어머니가 계신 집안으로 들어가지 말라고 말릴 정도였다. 그러나 그는 어머니를 보기 위해 자신의 건강은 뒤로한 채 집에 들어갔고, 어머니는 역병에 걸려 매우 위중한 상황이었다. 역병이 옮을 수 있음에도 불구하고 정여창은 옷끈도 풀지 않고 자신은 먹지도 않은 채 어머니의 대변까지 맛보아 가며 어머니 간호에 사력을 다하였다.

그러나 결국 10일여 만에 어머니는 돌아가시게 된다. 그는 어머니의 죽음 앞에서 피를 토하며 슬퍼한다. 역병으로 사람이 죽게 되면 장례를 치르지 않아도 되었지만 그는 『가례』에 나온 대로 장례 절차를 진행하였다. 주변 많은 사람들이 그가 전염될 것에 대해 두려워하였지만, 신기하게도 그는 역병에 걸리지 않았고 3년 동안 어머니의 묘 앞에 종일 꿇어앉아 아침저녁으로 곡을 하며 어머니의 곁을 지키며 자시의 도리를 다할 수 있었다.

어머니가 가지고 있던 채권 문서는 사람들의 원망을 들으실까 걱정하여 다 불태웠고, 유산을 배분할 때에는 노비들에게까지 분배해 주었다. 그런 그의 효성을 두고 사람들은 전염병도 피해 간 효성이라고 칭찬하였다. 그는 효행으로 인해 천거되어 관직에 오를 수 있었음에도 자신은 아들의 도리를 다했을 뿐이라고 거절한 후, 문과 별시에 급제하여 자신의 힘으로 관직에 오른다.

나는 그날 밤 대답하지 못한 그 부름에
대답하며 삶을 살아 낼 것이다

안녕, 서원

암 재발 판정을 받으신 지 몇 달이 지난 때였을까.

멀리 떠나시기 며칠 전이었을까.

그즈음 나는 새벽까지 할머니의 곁을 지켰다.

나는 해야 할 공부가 많다며 투정했고,

할머니께서는 성경을 읽고 또 읽어도 재미있다고 하셨다.

하지만 둘 다 알고 있었다.

우리 둘은 말하지 않아도 알고 있었다.

나쁜 병은 어느 날부터 할머니를 잠 못 들게 만들었다.

물 한 잔을 혼자 뜨러 가지 못하게 만들었다.

할머니의 손과 발이 되는 것은

처음에는 슬프고 절망스러웠으며,

조금 후엔 그럴 수 있는 것이 너무도 감사했고,

마지막 즈음엔 몸이 고되었다.

할머니의 배에는 복수가 차서 단단하게 부풀었고,

때때로 큰 통증이 있었다.

잠잘 때면 혹시나 할머니의 배를 건드릴까 걱정되어

더 이상 할머니와 한 침대에서 잠들 수 없었다.

어느 날 새벽,

너무 피곤하여 잠깐 자고자 할머니의 침대 아래쪽에

이불을 깔고 누웠다.

안녕, 서원

나는 평소에 빨리 잠들지 않는 사람이지만,
그날 새벽은 유난히도 눕자마자 잠이 물밀듯이 쏟아졌다.

잠에 취해 정신이 아득해져 갈 때,
할머니는 내 이름을 불렀다.

차라리 나를 흔들어 깨울 만큼의 큰 목소리였다면
이렇게까지 마음에 아프게 남지는 않았을까.

나를 부르던 할머니의 목소리는
매우 작았고, 흔들렸고, 조심스러웠다.

잠들려는 손녀딸을 깨우기에 너무 미안한 마음이 담긴
그 목소리를 나는 분명 들었으나 잠을 이기지 못했다.

그로부터의 며칠의 새벽이 지났다.
눈이 하얗게 쌓인 날,
할머니는 떠나셨다.

누군가 내게 기회를 주며
인생의 어느 순간으로 돌아가고 싶으냐 묻는다면,
나는 망설이지 않고 그날 새벽으로 돌아갈 것이다.

그때 나를 왜 부르셨는지 나는 아직 알지 못한다.
큰 통증이 있었을 수도, 목이 말랐을 수도,
그것도 아니면 해 주고픈 말이 있었을 수도 있다.

아직까지 알 수 없었고
평생 알 수 없을 것이다.

안녕, 서원

나는 그 밤이 마음에 사무치게 남아
아픈 사람이 내 이름을 부를 때면,
힘든 사람이 내 이름을 부를 때면,
그들의 부름을 외면할 수가 없는 사람이 되었다.

나는 마침내 할머니 품에 안겨 칭찬받는 날까지,
그날 밤 대답하지 못한 그 부름에
대답하며 삶을 살아 낼 것이다.

명성당에서

남계서원의 강학 공간인 강당 '명성당'은
『중용』에서 따온 이름이다.

참된 것을 밝히는 것을 가르침이라 하니,
참되면 밝아지고 밝아지면 참되게 된다.
- 『중용』

안녕, 서원

"참되면 밝아지고, 밝아지면 참된다."

　많은 사람들이 빛이 들지 않는 어려움 앞에 좌절한다. 말의 참뜻을 알지 못하는 사람들의 대화는 핵심의 겉을 맴돌 뿐이었고, 사회를 병들게 했다. 때로는 빛에 대한 열망이, 참에 대한 갈망이 쓸데없는 것으로 치부되었다. 밥그릇에 고개 숙이고 내 것부터 챙기지 않으면 이 사회에서 살아남지 못하고 도태될 수 있다는 불안의 소리가 여기저기서 들려오곤 한다. 인생에서 정말 가치 있는 것이 뒤로 미루어진다. 지금 아니면 사랑하지 못할 사람들을 향한 미래에 대한 약속은 허공에 흩어져만 간다.

"밝아져야 보인다."

　참되어 밝아져야 우리는 제대로 바라볼 수 있다. 참된 것을 마음으로 깊이 깨달았을 때, 그 참된 것이 우리의 마음에 닿아 밝아졌을 때 우리는 제대로 된 푯대를 세우고 그 길을 나아갈 수 있다. 더 나아가 세상을 밝힐 수 있다. 그저 한 점으로 존재하는 것이 아니라 환한 빛으로. 내 발등 앞뿐만이 아니라 내가 사랑하는 이, 나아가 내 주변을 환하게 밝혀 줄 수 있는 빛으로써 너와 내가 살아갈 수 있기를 소망한다.

매화가 참 좋다

매서운 추위 속에서
끝끝내 꽃을 피워 내는
그 인내가 참 좋다.

고되고 애썼을 텐데
매서운 것 이기고 피어난 꽃이
가시 하나 돋치지 않고
자그마이 어여쁜 것이 참 좋다.

배앓이할 때면
할아버지가 따끈히 타 주었던
매실차의 향이 남아 있는 탓일까.

안녕, 서원

하얀 눈 사이로 봄을 보았던

그 순간의 기쁨이

마음에 작은 기적 되어 심긴 탓일까.

나는 매화가 참 좋다.

우리는 어떻게 살아가야 할까

"…한훤 김 선생과 함께 점필재 김 선생의 문하에서 배웠다. 뜻이 같고 도(道)가 합치되어 막역한 사이로 지내며 도를 논하고 학문을 강할 때는 늘 함께 있었는데, 애석하게도 그 은미한 말씀과 남긴 의론이 세상에 조금도 전해지지 않았다. 선생의 평소 저술은 또 무오년 재앙에 불타 없어졌으니, 어찌 후학들이 길게 통탄할 일이 아니겠는가…."

일두 정여창은 무오사화 때 대부분의 저서가 불타서 사라졌음에도 불구하고 한훤당 김굉필, 회재 이언적, 퇴계 이황, 정암 조광조와 함께 조선 오현에 이름이 올랐다. 조선 오현은 유림이 우러러 바라보는 존경받는 인물들이다.

정여창의 이름인 '여창'은 커서 집을 크게 창성하게 할 재목이라는 뜻이 담긴 이름이다. 후에 정여창은 자신의 이름이 너무 크다고 느껴 하나의 좀벌레라는 뜻의 '일두'라는 호를 짓는다. 자신은 그저 하나의 작은 좀벌레에 불과한 것으로 비유하며 극히 자신을 낮추었다. 성리학의 대가였으나 세상의 풍파에 연루되어 마지막 순간까지도 정말 고되게 삶을 마무리하였다. 그러나 결국 그의 참된 가르침은 그를 지금까지도 기억되는 스승으로서 남게 했다.

"배움이란 성인을 배움이요, 뜻을 배움을 이루는 데 두어야 하니 모름지기 세우지 않을 수 없는 것이 뜻인데 이 또한 강하고 굳세게 하지 않으며 물욕에 흔들려 빼앗기고 뭇사람의 입질에 뜻을 옮기고 바꾸게 된다."

강하고 굳세게 뜻을 세워 배우고 익혀 그것을 실천하고자 노력하였던 그 삶을 통해, 삶에서 중요한 가치를 되새기고 사랑해야 할 대상을 사랑하며 살았던 그의 발자취를 통해 우리는 어떻게 살아가야 할까 다시금 돌아보아진다.

셋

옥산,
우리는 마음을
씻어야 한다

• 1572 •

옥산서원

Oksan−seowon

안녕, 서원

옥산서원은 회재 이언적의 학덕을 기리기 위해서 건립된 서원이다. 이언적은 한국의 성리학이 발전하는 과정에서 주도적인 역할을 담당했던 인물로서 영남학파의 선구자이다. 성리학적 사상을 기반으로 하여 정치적인 활동과 왕실의 교사로 활동하였다. 특별히 옥산서원은 한국의 서원 9곳이 유네스코에 등재되기 이전인 2010년 양동마을의 일부로서 유네스코 세계문화유산에 등재되었던 곳이다.

경주 양동마을은 한국에서 가장 오래된 역사와 보존을 자랑하는 큰 규모의 양반 마을이다. 회재 이언적의 종가가 위치한 곳으로, 이언적은 관직을 그만둔 후에 양동마을 무첨당 근처 옥산의 냇가에 안채와 사랑채인 독락당, 그리고 정자 계정을 만들어 6년여 정도의 시간을 성리학 연구에 몰두하였다. 회재가 세상을 떠난 후 그를 기리기 위해 독락당 근처에 옥산서원이 세워졌다. 옥산서원은 안동의 도산서원과 함께 영남 남인들의 양대 서원으로 불렸다.

이언적은 단순히 공부와 수양만 한 것이 아니라 자신만의 철학을 정리하여 책을 썼던 사람이다. 자신의 사유를 남김으로써 후에 공부하는 이들에게 커다란 영향을 미쳤다. 퇴계 이황은 이 점을 매우 높기 평가하였다. 교화만 있고 학문의 체계가 없던 와중에 이언적은 그것을 기록하여 깨달은 뜻과 가치를 다음 세대에 전한 것이다.

이언적은 사화의 시대를 살아간 사람이었다. 목숨조차 위험한 매우 혼란스러운 상황이었지만 그는 유배지에서도 학문을 놓지 않고 책을 썼다. 이것이 이황의 호인 퇴계와 이언적의 호인 회재를 합쳐 '회퇴학파'라고 불릴 정도로 그가 선현으로서 인정받는 이유이다.

이언적의 학문에 있어서 흥미로운 부분은 그의 아들 잠계 이전인이다. '무잠계무회재(無潛溪無晦齋)'라는 말이 있다. 잠계가 없었다면 회재도 없었다는 말이다. 이전인은 이언적의 서자로서 이언적이 사화로 인해 유배를 당하고 유배지에서 고난 중에 죽게 되자 직접 그 시신을 경주로 운구하여 장례를 치렀

안녕, 서원

으며 퇴계와 같은 선비들을 찾아가 자신의 아버지의 학적을 알리기 위해 최선을 다했다. 퇴계가 회재의 행장인 「회재이선생행장」을 쓰게 된 것도 아들 잠계의 공이 크다.

「회재이선생행장(晦齋李先生行狀)」 중
– 퇴계 이황

"우리 동방은 예로부터
인현의 교화를 입었으나
학문의 전함은 없다.

(중략)

우리 선생께서는 수수한 곳 없이
스스로 사학을 떨치시어 암연한 가운데

밝은 도를 닦으시고
덕이 행실에 부합되시며
병연이 문필이 특출하시어

말씀을 후세에 드리운 분이시니
동방에 거의 그 유가 없다."

:: 옥산서원으로 향하는 길 ::

세심(洗心)

경주 옥산서원은 세심마을 어귀에 위치해 있다. '세심'이란 마음을 씻는다는 뜻이다. 서원 앞에는 자계천과 세심대라 이름 지어진 너럭바위 일대가 있어 많은 사람들이 쉼을 위해 찾는다. 세심대는 마음을 씻고 자연을 벗 삼아 학문을 구하는 곳이라는 뜻을 지니고 있다.

자계천은 흐르고 흘러 이 세심대에서 자그마한 폭포가 되어 떨어진다. 세심대는 사산오대 중 한 곳이다. 이언적이 독락당에 머물며 이름을 붙인 주변의 경치가 빼어난 산과 계곡을 '사산오대'라고 하였다. 이곳 세심대에서는 꼭 보아야 할 글씨가 있는데, 바로 바위에 쓰인 퇴계 이황의 글씨이다.

안녕, 서원

우리는 마음을 씻어야 한다

우리는 매일 부지런히 겉으로 보이는 모습을 깨끗이 한다.
나쁜 것을 씻어 내기 위해, 더럽게 보이지 않기 위해
아침저녁으로 우리의 몸을 깨끗하게 씻는다.

그러나 그에 못지않게 중요한 것은
보이지 않는 마음이다.

사람의 마음 안에는 수많은 독한 것이 있다.
미워하는 마음, 시기하는 마음,
탐하는 마음, 교만한 마음, 무례한 마음

안녕, 서원

씻어 내지 않으면 그 독한 것은

순간의 말이 되고

순간의 눈초리가 되고

순간의 행동이 되어

결국 밖으로 튀어나온다.

그건 너를 상처 입히고

결국 나를 상처 입힌다.

마음을 씻는다는 것은

치유와 반성이다.

삶의 짧은 순간에는
눈에 보이는 것으로 평가받는다 여길 수 있으나
진정한 평가는 보이지 않는 가치로부터 비롯된다.

마음을 깨끗이 씻어 낸 후 채워지는 것은
결국 사랑이었다.

사랑하는 마음을 가득 품고
선한 것을 뿜어내며 살아가기 위해
우리는 마음을 씻어야 한다.

안녕, 서원

"有朋而自遠方來 不亦樂乎" -『논어』

- 벗이 먼 곳으로부터 오는 것이 또한 즐겁지 아니한가

:: 역락문(亦樂門), 옥산서원 ::

안녕, 서원

『논어』첫머리, '벗이 있어 멀리로부터 찾아오면 또한 즐겁지 아니한가.'에서 따온 이름인 '역락문'은 옥산서원의 정문이다. 역락문 현판은 한호 한석봉의 글씨이다.

벗을 맞아 주듯 반갑게 맞아 주는 역락문을 지나면 무변루가 나온다. 누마루를 유생들이 쉬고 교류하는 공간으로 처음 서원에 배치한 곳이 옥산서원이다. 앞면 5칸의 건물인 무변루는 가운데 3칸에는 대청마루를 두었고 양쪽에 온돌방을 하나씩 마련하였으며 건물 양 끝 쪽에 자그마한 누마루를 두었다.

판문이 달리고 조금은 폐쇄적으로 보이는 무변루의 앞마당을 보면 마치 궁궐의 금천과 같이 작은 수로가 흐르고 있어 진입하는 영역과 공부하는 강학 영역을 확실하게 구분해 주는 느낌이었다. 이 물은 자계천의 계곡물을 끌어와 서원의 풍수에도 도움이 되는 명당수라고 한다. 무변루라는 이름은 주엄계찬 중 '풍월무변(風月無邊)'이라는 구절에서 비롯되었다. 끝이 없는 누각이라는 뜻이다.

:: 무변루(無邊樓), 옥산서원 ::

안녕, 서원

인(仁)

옥산서원의 강당에서 들어서면 구인당의 현판이 가장 먼저 눈에 띈다. 추사 김정희가 제주도에 유배되기 직전, 54세의 나이에 썼던 글씨이다.

구인당(求仁堂)은 학문의 목적은 오직 '인(仁)'을 구하는 것에 있다는 회재의 핵심적인 사상을 담았다. 인을 구하는 뜻을 지닌 구인당의 양옆으로 민첩하게 진리를 구한다는 의미의 동재, 민구재(敏求齋)와 남몰래 묵묵히 수양한다는 뜻을 지닌 서재, 암수재(闇修齋)가 위치해 있다.

순례자

우리의 마음에 채워지지 않는 그리움이 있는 것은 순례자이기 때문이다. 각자 이 땅에 보내어진 아름답고 귀한 소명이 있다. 그러나 보내어졌다는 것은 돌아갈 곳이 있다는 것이다. 사람은 태어나 수도 없는 걸음을 걷는다. 모두가 안정과 평안을 꿈꾸지만 영원한 정착은 삶에 허락되지 않는다.

순례자임을 잊은 사람들은 때론 삶의 불안정함을 다른 것으로 채우기 위해 노력한다. 많은 사람들과의 관계, 부와 권력, 사회적인 성공과 힘이 어느 곳에 정착시켜 줄 것으로 착각한다. 하지만 인간은 그 어느 지점에도 정착할 수 없다. 순간은 말 그대로 순간이며 살기 싫은 오늘은 주어지고 살고 싶은 내일은 사라진다.

사람에게서 얻는 안정 또한 영원하지 않다. 삶은 떠나고 떠나는 것의 연속이다. 어린 시절 든든히 지켜 주던 부모의 품도

안녕, 서원

어느 순간 떠나야 하며, 정들었던 친구들과도 각자 자신의 삶을 살아가다 보면 길이 달라지기 마련이다. 우리는 살아가며 때로는 집을 떠나고, 직장을 떠나고, 이웃을 떠난다.

떠남을 인정하는 것,
이 땅에서의 나는 순례자임을 기억하는 것에서
새로운 걸음은 시작된다.

마을 어귀에 있는 커다란 고목나무를 보자. 아마 저 나무는 우리보다 더 오랜 세월 이 세상에 있을 것이다. 우리는 저 나무처럼 오래도록 뿌리내릴 수조차 없다. 그러나 우리가 할 수 있는 것이 있다. 나무를 가꾸는 것이다. 우리가 이 땅을 머물다 간 그 순간에 한 아름다운 일들이 더 나은 세상을 만들 수 있다. 우리는 우리의 두 손으로 나무를 베어 버릴 수도, 더 푸르고 아름다운 잎을 피워 내도록 다듬어 줄 수도 있다. 그 선택은 우리의 몫이다.

당장 내가 손에 쥔 어느 것 하나도 본래 내 것이 아니다. 지금 하고 있는 일도, 곁에 있는 사람도 영원한 안정이 되어 주지 않는다. 하지만 그렇기에 더욱 소중하다. 부모와 보내는 시간도, 친구와 보내는 시간도, 이 일을 열심히 하고 있는 순간도. 우리에게 선물처럼 주어진 순간의 모든 것을 우리는 선하게 만들어 갈 수 있다. 순례길에서 만난 들꽃 하나 소중히 여기는 그 마음으로 걸어갈 수 있다.

삶에 끝에서 마침내 그 평안과 안식을 마주할 때,
너의 삶은 어떠하였냐는 물음에 나는 어떻게 대답할 수 있을까.

그리고 너는 어떻게 대답할 것인가.

안녕, 서원

회재 이언적이 항상 마음의 경계로 삼은 글
- 「회재이선생행장(晦齋李先生行狀)」중

나는 날마다 세 가지를 반성하니,

내 몸이 하늘을 섬김에 다하지 못함은 없는가

임금과 어버이를 섬김에 정성되지 못함은 없는가

마음을 지킴에 바르지 못함은 없는가

셋 | 옥산, 우리는 마음을 씻어야 한다

제향 공간

강학 공간을 지나면 이언적을 제향하는 체인묘가 위치해 있다. 보통 다른 서원들은 사당의 이름이 '사'로 마무리되는데 '묘'인 까닭은 이언적의 위치를 거의 왕에 버금가는 정도로 격을 높였기 때문이다. 체인묘의 가운데 글자인 '인'은 모든 착한 마음의 근본을 의미하는 것으로, 어진 마음을 실천으로 옮긴다는 뜻을 지니고 있다.

옥산서원은 『삼국사기』 완질본이 보관되어 있었을 정도로 서책과 자료의 보관이 매우 잘되어 있는 곳이다. '서원서책불출원문(書院書冊不出院門)'이라는 원규가 철저히 지켜진 까닭일 것이다. 옥산서원은 서원 밖으로 책을 절대 내보내지 않았다.

옥산서원에는 향나무가 심겨 있다

마음이 소란스럽고 어려울 때,
씻기어지지 않는 그 무언가로 참 괴로울 때,

옥산서원 대청마루에 앉아
가만히 하늘을 올려다보다 보면
나의 마음에도 한 그루의 향나무가 심긴다.

깨끗하고 맑게 하는 향나무의 청향이
품성에서 넉넉히 배어 나오는 그런 마음.

옥산서원에는 향나무가 심겨 있다.

넷 /

도산,
참스승이
필요한 시대

도산서원

Dosan-seowon

배

하루는 퇴계의 집안에 제사가 있는 날이었다. 집안 식구들이 모두 모였다. 조선이라는 시대에서 제사는 단순한 가족 모임이 아니었다. 한 집안의 명운을 결정하는 중대한 일이었다. 제사상이 차려졌는데 퇴계의 아내인 권씨 부인이 제사상에 있는 배를 집어 자신의 치마 속에 숨기는 일이 벌어졌다. 조상들을 향한 제사상에 있는 음식을 손으로 집는 것도 모자라 치마에 숨기는 것을 본 형수는 질겁하며 비난하였다.

일반적으로 그러한 상황이 마주했을 때 자신의 부인을 부끄러워할 수도, 탓할 수도 있다. 오히려 다른 이들보다 더욱 호되게 말할 수도 있었을 것이다. 그때 이황은 예법에 어긋난 일이지만 조상님도 손자며느리가 한 행동에 노하지 않으실 것이라며 사과하고는 분위기를 잠재웠다.

안녕, 서원

왜 그러한 일을 했느냐고 묻는 이황에게 아내는 배가 먹고 싶어서 그리하였다고 답했다. 유학자였던 이황이 제사의 중요성과 그 행동의 심각성을 몰랐을 리 없다. 그러나 그 순간 그 모든 의식과 예법보다 그에게 중요했던 것은 자신의 안사람이었다. 이황은 실수를 한 아내에게 손수 배를 깎아서 먹여 주었다고 한다.

권씨 부인은 퇴계의 두 번째 부인이다. 이황은 첫째 부인을 굉장히 사랑하고 존중하는 사람이었다. 그러나 애석하게도 첫째 부인은 둘째 아이를 낳은 후 몸이 상해 결국 죽고 말았다. 퇴계는 그 이후 사화로 인해 집안에 큰 풍파를 당한 '권질'로부터 정신적인 문제가 있는 딸을 부탁받는다.

퇴계는 그의 부탁을 받아들여 두 번째 부인으로 권씨 부인을 맞이하게 된 것이다. 퇴계는 평생에 걸쳐 정신적으로 아픈 아내를 무시하거나 함부로 대하지 않고 아끼고 사랑하는 모습을 보여 수많은 사람들에게 본을 보인다.

"천 번 만 번 경계하라. 무릇 부부란 인륜의 시작이고 만복의 근원이다. 아무리 친밀하고 가까워도 지극히 바르고 지극히 삼가야 하는 자리다. 그래서 군자의 도는 부부에게서 시작된다는 것이다. 그런데도 세상 사람들은 예의와 존경심을 잊어버리고 버릇없이 모욕하고 거만하고 인격을 멸시해 버린다. 손님처럼 공경하지 않기 때문이다."

– 퇴계, 손자 이안도가 혼인할 때 보낸 편지 중

안녕, 서원

가까운 이웃을 사랑한다는 것

가까운 이웃을 사랑하는 것이 얼마나 어려운지 모른다. 이 것이 어려운 본질적인 까닭 중 하나는 자신을 사랑하지 못하는 사람은 그 누구도 사랑할 수 없기 때문이다. 자기 자신을 존중 하지 못하는 사람은 그 누구도 존중할 수 없다.

진정으로 스스로를 사랑한다는 것은 단순히 나의 이익을 먼저 챙기고, 나의 몸에 좋은 것을 먹고 입고, 나의 입장을 걱 정하는 것과는 다르다. 자신의 삶에 귀중한 가치를 느끼고 그 렇게 살아가기 위해 책임을 져야 한다. 자신을 사랑받아야 할 이 세상의 하나뿐인 소중한 인간으로 여길 때, 나와 같은 너를 소중하게 여길 줄 아는 사람이 될 수 있다.

안녕, 서원

참스승이 필요한 시대

존경할 어른이 없다는 것은
받을 수 있는 가르침이 없다는 말과 같다.

드높은 학식을 자랑하는 교수들은 제자들에게 은근한 갑질을 일삼고, 대학원생들은 자신들을 일명 노예라 칭하며 자조 섞인 농담을 던진다. 지독한 공부를 통한 높은 성적만이 요구되고 인정받는 현실 속에서 뒤떨어지는 학생들은 자신을 낙오자로 낙인한다. 돈으로 살 수 없는 것이 없는 것처럼 보이며, 가치를 위한 공부는 비웃음을 산다. 사람들은 너를 사랑하기 어렵고 본질적으로는 나를 사랑하기 어렵다. 앞길이 깜깜하다.

무엇보다 존경할 어른이 없는 시대, 스승이 사라진 시대야말로 길이 보이지 않는 깜깜한 시대이다. 살아가면서 온 마음을 다해 존경할 수 있는 품격을 갖춘 한 인간을 만나기란 참 쉽지 않다. 함께 한 시대를 살아가고 있는 사람을 기대하고 바라

안녕, 서원

보다 보면 실망하게 되곤 했다. 겉으로는 참 존경스럽던 사람의 이면을 발견할 때도 많았다.

　사람은 완벽하지 않기에 실수할 수도 있고 유혹에 넘어지기도 한다. 인생을 참다운 인격을 갖춘 사람으로 존경받으며 마무리하는 것은 끝까지 가 봐야 안다는 말처럼 결코 쉬운 일이 아니다. 존경할 어른이 없다는 것은 받을 수 있는 가르침이 없다는 말과 같다. 다행인 것은, 삶의 숙제를 잘 풀어내고 돌아간 어른이 존재한다는 사실이다. 그들의 삶을 들여다보며 울고 웃었다. 존경스러운 마음에 기뻤다.

그는 이 시대 우리에게
어떤 말을 해 주고 싶을까

퇴계 이황은 도산서원의 어귀를 곡구암이라고 하고 그곳에서 동쪽을 '천연대', 서쪽을 '운영대'라고 이름하였다. 천연대는 『시경』의 '솔개는 하늘 높이 날아오르고 물고기는 연못에서 뛰노네'라는 글귀에서, 운영대는 '빛과 구름이 그림자와 함께 돌고 돈다'는 주자의 「관서 유감」이라는 시에서 따왔다.

도산 서원에서 가장 먼저 만나게 되는 것은 서원의 건물 이전에 자연이었다. 입장권을 끊고 서원에 이르기까지 조금 걸어 들어가야 한다. 낙동강을 끼고 걸으며 만나는 산기슭의 절경과 자연의 아름다움은 무수히 흐른 시간 동안 이 길을 걸어갔던 수많은 사람들은 무엇을 찾아 이 길을 걸어갔던 것일까 그 발자국을 헤아려 보게 했다. 그들을 이곳까지 이끈 것은 무엇이었을까. 그들은 이곳에서 무엇을 배우고자 하였고 그 배운 것으로 무엇을 하고 싶었던 것일까.

우리는 단순히 공부를 하는 것만이 학문이라고 생각한다. 그러나 단순히 지식을 배우는 것이 아니라 옳은 가치에 대해서 배우고 나와 다른 사람들과 함께 더불어 살아가며 조금 나은 세상을 향해 나아가는 그 모든 과정이 학문일 것이다. 단순히 자신의 사회적인 위치와 명예를 구축하기 위한 도구로서의 공부가 아니라 진정한 참된 인간으로서 살아가기 위한 학문에 평생을 다 바쳤던 사람이 있다. 퇴계 이황이다.

성리학은 조선이라는 나라의 국학이자 국시였다. 그러한 성리학을 완성시켰다는 평가는 그 누구도 넘보기 어려운 명예이자 업적이다. 한 시대의 현자였던 이황은 이 시대 우리에게 어떤 말을 해 주고 싶을까.

넷 | 도산, 참스승이 필요한 시대

열정

도산서당이 세워진 시절 식수로 사용되던 우물의 이름은 '열정'이다. 『역경』의 '물이 맑고 차가우니 마실 수 있다.'라는 구절에서 비롯되었다. 맑은 우물이라는 뜻을 가지고 있는 열정은 퇴계가 직접 이름 지었다. 퇴계의 저서 『도산기』에는 돌물의 물이 매우 감미로워 머물러 살아가기에 참 적당한 곳이라고 쓰여 있다.

생수는 사람이 살아 나아가는 것 전에 그저 살아 있기 위해서 너무도 중요한 것이다. 사람은 마시지 않고는 살아갈 수 없다. 목마름을 해결해야만 한다. 인생에서 마르지 않는 샘물을 발견하는 것이 가장 중요하다. 그리고 우리도 그 샘물 되어 흘러야 할 것이다.

마시기 좋은 맑고 시원한 물을 품은 우물 같은 이가 우리 시대에 많이 필요하다. 세상에 선한 영향력을 흘려보내는 그 진정성 있는 마음으로 살아가야 할 것이다.

서당의 남쪽 서당의 남쪽

돌우물의 물은 달고 맑네

천년 오랜 세월을 산 안갯속에 묻혀 있었으니

이제부터는 언제까지나 덮어 놓지를 말게나

돌 사이 우물물이 너무 맑고 차가워

저 홀로 있어도 어찌 측은한 생각이 들 것인가

세상으로부터 물러난 사람 여기 터 잡고 엎드려 사니

한 바가지 물로 샘과 내가 서로의 마음을 얻었네

– 퇴계 이황, 「열정」

고난이 지닌 힘

　우리의 머릿속으로 쉽게 그려지는 이황은 천 원짜리 지폐에 멋들어지게 그려진 대학자의 모습이다. 그러나 그는 수많은 고난을 묵묵히 지나온 사람이었다. 7남 1녀의 막내아들로 태어난 이황은 태어난 지 7개월 정도 되었을 때 아버지께서 돌아가셨다. 그 이후 숙부 밑에서 공부를 배우다가 20세 무렵 주역 공부에 너무나도 몰두한 나머지 건강이 상해 병을 얻는다. 결혼을 하게 되었으나 사랑하던 부인 허씨를 27세에 떠나보내고 45세가 되던 해에는 을사사화에 친형 이해가 연루되어 목숨을 잃는다. 또한 1548년 둘째 아들이 일찍 요절한다.

　나는 고난에 힘이 있다고 믿는다. 고난을 겪었을 때 주저앉아 포기하지 않고 묵묵히 그 시간을 지나온 이들에게는 그 시간이 주는 강력한 힘이 있다. 고난으로부터 얻은 값진 것은 그 사람이 어떠한 자리나 지위에 흔들리지 않도록 붙들어 준다.

안녕, 서원

그이가 곧은 가치를 지니고 있다면, 그리고 그것이 풍파마저 견디어 낸다면, 감히 시간조차 흘어 갈 수 없는 힘을 지니게 된다고 믿는다. 퇴계는 험난한 삶의 과정 속에서도 자신만의 길을 걸어갔고, 그의 철학과 가르침을 통하여 수많은 사람들의 삶이 바뀌었다.

열매는 쉽게 맺히지 않는다. 시린 추위도, 뜨거운 더위도, 비바람 부는 폭풍우도, 끝없는 기다림도 이겨 내야 마침내 열매가 맺힌다. 그 사람이 하는 말 한마디로 그 사람을 깊이를 가늠할 수 없다. 그 사람을 알 수 있는 가장 좋은 방법은 그가 맺는 열매를 보는 것이다. 고난의 시간 속에 있다면 이것을 견디어 낸 그 내면의 힘으로 영글어 익을 열매를 향해 시선을 돌려 보길 바란다.

도산서당

　도산서당은 나의 마음 한구석에 소중하게 자리 잡은 공간이다. 처음 들어선 순간, 도산서당의 글씨를 보고 너무나 마음에 들었다. 퇴계가 직접 쓴 도산서당 편액은 다른 편액의 글씨들과 다르게 산이 형상화되어 쓰여 있었다. 도산 서당 곳곳에 퇴계 이황의 손길이 묻어 있는 것 같아 존경하는 사람 앞에 선 듯 마음이 떨려 왔다. 도산서당 건물은 작았지만 트여 맞닿은 모든 공간이 서당의 일부로 느껴졌다. 삶과 학문, 그리고 자연 모든 것이 조화롭게 어우러지는 존경하는 큰 인물이 살아 낸 삶의 현장은 감동스러울 수밖에 업었다.

안녕, 서원

도산서원의 모체가 된 도산서당은 퇴계 이황이 4년에 걸쳐서 지은 건물이다. 직접 거처하며 제자들을 가르친 곳으로 거처하던 곳은 완락재, 공부를 하던 마루는 암서헌이라 이름하였다. 도산서당은 16세기의 선비들이 지니고 있던 가치와 이상, 건축에 지니고 있던 의미가 잘 표현된 건물이라고 평가받는다. 정면 3칸 측면 1칸의 작은 규모 안에 부엌과 마루, 그리고 온돌까지 다 갖추어진 건물은 그 시절 선비의 삶을 보여 준다. 서당을 지을 터를 발견한 후 퇴계는 직접 설계도를 그리며 세세한 일들을 직접 지시하였다.

안녕, 서원

벗, 그리고 스승

　　퇴계는 도산서당의 앞쪽에는 정방형의 작은 연못을 만들어
'정우당'이라고 이름하였다. 깨끗한 벗이 있는 연못이라는 뜻
이다. 그리고 정우당 아래 '몽천'이라는 샘을 만들었다. 몽천은
몽매한 제자들을 바른길로 이끌어 간다는 의미가 담겨 있다.
퇴계의 스승으로서의 다짐이 느껴진다.

안녕, 서원

물러남의 미학

모두가 자기 자신을 드러내는 시대에 우린 살아가고 있다. 내가 얼마나 많은 것을 가졌는지, 내가 얼마나 대단한 것을 이루었는지, 내가 얼마나 뛰어난 사람인지를 알려야만 인정받을 수 있는 분위기가 넘실거린다. 오늘날 우리는 나아가는 것이 얼마나 훌륭한 일인지 칭송하느라 잠시 멈추는 것조차 낙오되지는 않을까 종종거리곤 한다. 이때, 우리는 물러남에 대해 깊이 고민해 보았으면 좋겠다.

이황의 호인 '퇴계'는 물러날 퇴(退)를 사용하였다. 퇴계가 물러남을 마음에 새기고 산 까닭은 자신이 생각한 올곧은 가치를 지키고 싶었기 때문이 아닐까 생각해 본다. 다른 이들의 말과 세상적인 흐름에 휘둘리는 것이 아니라 자신이 원하는 바에 대해 끊임없이 고민했기 때문에 그는 자신이 옳다고 생각하는 것을 위해 수십 번 관직을 내려놓을 수 있었을 것이다.

물러남에 대한 것을 말로 가르치는 것은 쉽다.

그러나 삶으로 본을 보이는 것은 어렵다.

때로는 나아감보다 더 위대한 물러남이 존재하기 마련이다.

도산서원의 사립문의 이름은 '유정문'이다. 그 뜻은 완전하게 물러나 도산서당에 은둔한 퇴계가 자신이 은둔하지만 게을리 살지는 아니할 것이며 뒤로 물러나 자신을 돌아본다는 의미를 담아 지은 것이다.

퇴계는 마지막 순간까지 물러남에 대한 자신의 철학을 지켰다. 자신의 죽음 이후 자신이 과도하게 포장될 것을 걱정하여 그는 죽기 전에 스스로 비명을 작성하였다. 자신의 삶을 진실되게 서술한 퇴계 이황의 묘비에 적힌 글, '자명(自銘)'은 내가 본 가장 뛰어난 명문 중 하나이다. 더 아름답고 더 풍성한 포장지를 구해야만 할 것 같은 이 시대에 퇴계는 진정한 알맹이의 힘을 말한다.

삶에서 오르막만이 중요한 것이 아니다. 오르고 내리는 모든 길이 인생의 과정이다. 내려가는 것을 두려워하여 준비하지 않는 사람은 결국 떨어지게 된다. 머물렀던 자리가 아름답기 위해서는 결국 떠나야 한다. 잘 물러나는 것까지가 모든 일의 완성이다.

더욱 깊이 생각해야 하는 것은
'무엇을 위해 오르고 나아가는 것인가'이다.

꿈, 이상, 가치, 한 사람으로서 세상에 뿌리고 싶은 선한 것을 위해 노력하고 정진하는 그 모든 구슬 땀을 응원하며 오늘 하루 나도 그 땀을 흘리며 살아간다. 그러나 단순히 높은 곳, 남들보다 뛰어난 나, 풍요와 만족을 위해서만 더 많이 더 높이 나아가는 것은 길을 잃는 지름길일 것이다.

나의 뒤를 걸어오는 사람들이 나의 발자국을 보았을 때, 나는 무엇을 그들에게 남기고 이야기할 수 있을까. 훗날 나의 삶의 알맹이가 어떠한 가치를 품고 있을까. 이러한 질문은 성공한 뒤로 미뤄 놓을 수 있는 가벼운 고민이 아닌 하루하루 오늘을 살아가고 있는 나에게 던져야 하는 질문일 것이다.

안녕, 서원

농운정사

'농운정사'는 학생들의 기숙사이다. 퇴계는 학생들이 공부에 정진하기를 바라는 마음을 담아 한자 'ㅗ'의 모양을 따라 농운정사를 지었다. 창으로 보이는 풍경이 아름다운데, 학생들이 공부하는 환경을 밝게 하고 공기 순환이 잘되게 하기 위해 창문을 많이 내었다고 한다. '농운'은 언덕 위의 구름, '정사'는 정신을 수양하고 학문을 가르치는 집이라는 뜻을 가지고 있다.

안녕, 서원

:: 농운정사, 도산서원 ::

:: 고직사, 도산서원 ::

큰 스승

  실력이 없이는 존경받을 수 없다. 겸손은 실력을 감추고 낮추는 것이 아니라 태도와 자세를 낮추는 것이다. 퇴계 이황의 인품과 낮아짐은 그가 실력이 있기에 더욱 빛나는 것이다. 퇴계를 대학자의 반열에 올려놓은 일 중 하나는 『성학십도』를 저술한 것이다. 이것은 성리학의 핵심을 정리한 것으로, 이해하기 쉽도록 그림까지 그려져 있다.

  퇴계는 이를 선조에게 바쳐 임금의 덕이 세상을 향한 어진 통치로 이루어지길 바랐다. 글을 대할 때에는 그 뜻을 정확히 알기까지 파고들었으며 한문의 해석에 있어서도 단순히 뜻을 외우기보다 한국어로 제대로 풀이하기 위해 많은 관심을 기울였다. 또한 한문이 아니라 한국어로 우리의 삶과 공부에 대해 노래한 「도산십이곡」을 지었다. 「도산십이곡」은 자연에서 학문을 깨치며 살고 싶은 소망과 다짐을 담은 시조이다.

안녕, 서원

무엇보다 퇴계의 학문이 향했던 지점은 큰사람이 되는 것이었다. 끝없이 공부하여 세상을 아름다운 자연과 더불어 화평하게 하고자 했던 그의 삶의 발자국이 오늘날 우리에게 많은 것을 이야기하고 있다. 퇴계는 학문적인 뛰어남을 자신의 입신양명을 위해 사용하려 하지 않았다. 그가 중앙 정치에서 벗어나고 싶어 한 것도 그가 원하는 세상에 대한 확고한 그림이 있었기 때문이라고 생각한다.

권력을 위한 싸움에 끼어들 수도 없었고, 보고만 있을 수도 없었던 상황에서 그는 자신의 인격과 학문을 더욱 수양하고 미래의 인물들을 바르게 교육하는 것에 힘을 쏟아 세상을 바꾸기로 선택한 것이다. 퇴계는 제자들에게 수없이 이르렀다. 권력은 책임을 지는 것이지 영달이 아니라는 사실을 말이다. 퇴계는 시대의 큰 스승으로서 많은 사람들에게 말뿐만 아니라 자신의 삶으로서 가르침을 주었다. 참된 실력 없이는 그 누구에게도 마음을 움직이는 가르침을 줄 수 없다.

전교당

　전교당은 도산서원의 대강당으로 서원의 중심이 되는 강학 공간으로 정면 3칸 측면 2칸의 목조 건물이다. 도산서원 현판은 선조 앞에서 한석봉이 쓴 것이다. 한석봉이 쓴 현판이 내려지고 국가가 지원하는 사액서원으로서 자리 잡게 되었다.

삶의 끝자락

　퇴계 이황은 죽음의 문턱에서조차 선비로서의 자세를 유
지하였다. 1569년 이조판서에 임명되었음에도 불구하고 고향
에 남아 학문에 힘쓰던 그는 건강이 악화되었다. 몸이 상해 고
생을 하던 그는 어느 날 아침, 침상을 정돈하게 한 후 자신을
일으켜 달라고 하였다. 그는 단정히 앉은 자세로 죽음을 맞이
한다.

　퇴계 이황이 마지막에 남긴 말은 매화분에 물을 주라는 말
이었다고 전해진다. 그 작은 생명을 자신의 생명이 끝나는 순
간까지 살피는 모습을 통해 평생 매화를 사랑한 그 진심 어린
마음이 느껴진다. 마지막까지 살피고 사랑하며 죽음까지도 마
주 앉아 대하고자 했던 큰 인물의 삶이 마음을 울린다.

다섯

필암,
청산도
절로 절로

필암서원

Piram−seowon

길

손이 고사리 같던 시절이면
갈래의 길이 펼쳐져 있었다.

푸르던 하늘 위로 색색깔의 무지개가 펼쳐졌고
수많은 별들이 쏟아져 내렸다.

시간이 흐르며
그토록 가고자 했던 길은 갈 수 없었고
어떤 길은 저절로 났으며
때론 스스로 새로운 길을 내기도 했다.

그렇게 수 갈래의 길을 지나쳐 왔다.
무언가를 성취했고, 무언가는 잃었다.

시간을 따라 선택할 수 있는 길은
하나둘 사라져 갔다.

어느 날 문득 바라보니
몇 갈래의 길이 남지 않았다.

어린 날 수 갈래 길 앞으로
다시금 돌아갈 수는 없었다.

다만, 함께 걷는 사람들이 있었다.
어느 목적지만 나의 길이 아니었다.
이들과 같이 걷는 것이 나의 길이었다.

마침내는
끝내는
하나의 길만이 남을 때까지

그 끝에 다다르기까지
나는 함께 걸어가야겠다.

안녕, 서원

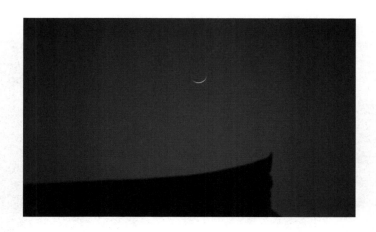

문불여장성

정신과 가치가 살아 있다면 모든 것이 불타도 희망은 있다

안녕, 서원

흥선대원군은 장성에 대해 평하며 '문불여장성(文不如長城)'
이라 하였다. 그 뜻은 학문으로는 장성만 한 곳이 없다는 뜻이
다. 필암서원은 바로 이 장성에 위치해 있다. 필암서원 이전의
서원들은 경사진 지역에 위치한 경우가 많았다. 개인적으로
나는 특히 도산서원이 기억에 남는다. 서원을 경사진 지형에
배치한 까닭은 각 공간이 지니고 있는 위계적 질서를 시각적으
로 표현하기 위한 것이다.

그러나 필암서원은 기존에 사용되던 방식과 다르게 평지에
위치한다. 창의적인 배치 형식이라고 평가되며 이후의 평지형
서원의 시초가 되었다고 볼 수 있다. 교육과 배향이라는 서원
의 기능에 충실하며 공부하는 장소 뒤에 제사를 지내도록 만든
전학후묘의 형식을 따르고 있다.

필암서원은 1590년에 건립되었다. '광나장창'이란 호남지
방에서 학문적으로 뛰어난 지역을 이야기할 때 사용되는 단어
로 광주, 나주, 장성, 창평을 의미한다. 장성이 배출한 뛰어난
학자 중에는 하서 김인후가 있다. 장성 필암서원은 바로 이 조

선의 대학자, 하서 김인후 선생의 학덕과 정신을 기리고 있다.

임진왜란이 일어났을 때 전라남도와 사림은 의병을 결성했다. 그 저항의 중심지가 필암서원이었다. 그러다 보니 필암서원은 1597년 전소되는 아픔을 가지고 있다. 이후 1624년 지역 사림이 서원을 재건한다. 1662년 '필암서원'으로 사액을 받고 1672년 현재의 위치로 이전하였다.

현재의 위치는 뒤쪽의 산이 학이 날갯짓을 하고 있는 형상이기에 예로부터 서원이 만들어질 수밖에 없었다는 이야기가 있다. 날아오르는 봉황이 임금의 조서를 물고 있는 형상이라고도 한다. 봉황의 입을 혈자리로 하여 사당 우동사가 만들어졌고 이를 중심으로 서원의 건물들이 배치되었다.

어떠한 유산을 이루는 것은 단순히 장소와 건물이 아니라고 생각한다. 배우고 기릴 만하다고 인정되는 그 정신과 가치가 살아 있다면, 심지어 모든 것이 불에 탔다고 하더라도 희망은 남아 있는 것이다.

안녕, 서원

확연루

확연루는 서원의 출입문이자 유생들이 휴식을 취할 수 있는 문루이다. 확연루라는 현판의 글씨는 송시열이 쓴 것으로, 확연루의 '확연'은 하서 김인후의 마음이 맑고 깨끗하며 확연히 크게 공평무사하다는 것을 나타내는 확연대공(廓然大公)에서 온 말이다. 공부하는 모든 학생들이 사사로운 마음 없이 공평한 군자의 마음을 배워야 하는 학문적 태도를 나타낸다. 배움에 대한 크고 무한한 영역을 꿈꾸는 것처럼 느껴졌다.

소리 없이 불어온 가을

안녕, 서원

바래져 가던 일상에

가을의 색이 서서히 칠해졌다.

가만히 앉아 그리운 마음을 그리다가

푸르고 높은 하늘에 가만히 마음을 비웠다.

노랗고 붉게 물드는 시간 속에서

소리 없이 불어온 가을을 나는 청종한다.

배울 것밖에 없는 순간에

물든 잎사귀 하나마저도 깊이 소중하다.

한 발자국을 찍기에도 조심스러운

이 완벽한 아름다움 속에서 오늘도 사랑을 배운다.

곧 우수수 떨어져 내릴 시간을

다시금 눈에 담고

다시 한번 마음에 담는다.

용서

사람은 나를 살게 했지만, 때론 사람으로 숨을 쉴 수 없었
다. 세상엔 가시 돋친 이가 많았고 나의 노력으로는 이해할 수
없었다. 나는 내가 사랑하는 이들이 상처받는 것을 지켜보았
고, 그것으로 사무치게 아팠다. 거짓으로 살아가는 이들을 바
라볼 때면 속이 메슥거렸다. 그들의 거짓은 꼭 그 칼끝이 남을
향했기 때문이다.

나는 사랑이란 것을 사랑한다. 그것은 나의 선택이라기보
다는 숙명이다. 나는 사랑을 사랑하기 위해서 살아간다. 다짐
에 다짐을 거듭하며 그것은 점차 더욱 단단해져 갔다. 그러나
참 사랑하기 어려운 것이 세상에는 존재했다. 거짓과 위선, 욕
심과 시기는 가증스럽기만 하다.

안녕, 서원

때론 존재마저 거짓이라 여겨지지만 그래서는 안 된다는 것을 안다. 어떠한 한 인간의 존재를 거짓으로 부정할 권리는 내게 없다. 그것은 이 아름다운 자연을 창조한 그분에게나 있는 것일 테지. 적어도 거저 받아 거저 살고 있는 나는 사랑밖에 할 것이 없다. 그렇기에 나는 오늘도 용서를 선택한다.

비틀어진 나쁜 것은 크고 깊은 사랑의 모자람에서 왔을 것이다. 나는 아직 그런 이들을 치유할 힘은 없지만, 내 주변의 사랑하는 이들이 사랑이 모자라지 않게는 할 수 있다. 나의 세상을 밝히기 위해 내가 받은 그 크고 깊은 사랑을 흘려보내는 것이다.

사랑하는 것은 용서하는 것만큼 어렵다.

용서하는 것은 사랑하는 것만큼 고되다.

언제쯤 이 깊은 고뇌의 시간 없이 사랑할 수 있을까.

모르지만 포기는 하지 않아야겠다.

안녕, 서원

「자연가(自然歌)」
- 김인후

靑山自然自然(청산자연자연)

綠水自然自然(녹수자연자연)

山自然水自然(산자연수자연)

山水間我亦自然(산수간아역자연)

已矣自然生來人生(이의자연생래인생)

將自然自然老(장자연자연로)

청산도 절로 절로

녹수도 절로 절로

산도 절로 물도 절로

산수간에 나도 절로

이 중에 절로 자란 몸이

늙기도 절로 하리라

자연과 함께 아름답게 늙어 가는 것

어린 시절 이유 없이 이 시조가 그저 좋아 외우고 다녔다. 이 시조에서 가장 많이 나오는 말은 '절로'이다. 자연 그 자체로 살아가는 것을 의미한다. 청산도 그 청산 그대로, 녹수도 본 그래도, 산도 물도, 그리고 사람인 나도 자연과 같이 자연스럽게 살아가고자 하는 마음이 담겨 있다. 자연과 함께 아름답게 늙어 가는 것. 사람에게 가장 큰 축복 중 하나가 아닐까 생각한다.

안녕, 서원

죽고, 사는 것

안녕, 서원

내 것이 아닌 것은
내가 삶으로 살아 낸 것이 아닌 것은
아무리 달고 근사한 글씨체를 가졌어도
진짜가 아니었다.

내 영혼을 통과하지 않은 것은
숨죽이고 고뇌하는 그 밤을 통과하지 않은 것은
내게서 한 자도 쏟아질 수 없었고
그 누구의 마음도 울릴 수 없다.

어떤 말씀은 마음에 심기어
안에서 수백 번 잘근히 씹고 씹었다.
그리하여 고난에 묻히지 않고
잠기지 않을 수 있었다.

죽어야 살 수 있다.
꼴딱 숨이 넘어가 깨치는 그 진리로
죽었다 살아야 했다.

청절당

청절당은 유생들이 공부를 하던 강학 공간이다. 청절당이라는 명칭은 우암 송시열이 썼던 하서 김인후의 신도비문 중에 '청풍대절(淸風大節)'이라는 구절을 인용한 것이다.

필암서원이 다른 서원들과 다른 점이 눈에 띄었다. 처음 누각에 들어서면 대부분의 다른 서원들은 강당의 앞모습을 만날 수 있었다. 그런데 필암서원은 누각에 들어서면 강당의 뒷모습을 볼 수 있다. 문을 한 번 더 들어서야 강당의 마루로 갈 수 있는 것이다. 이러한 구조를 통해 필암서원이 휴식을 하는 공간과 공부를 하는 공간 그리고 제향 공간을 더욱 독립적으로 배치해 두었음을 느낄 수 있었다.

안녕, 서원

청절당의 좌측과 우측에는 단순하게 민도리집 양식으로 지어진 유생들의 거처인 동재와 서재가 있다. 선배들과 후배들의 기거 장소가 나누어졌던 것으로 전해진다. 청절당 바로 맞은편에는 꽤나 화려한 경장각이 있다. 경장각은 인종이 왕위에 오르기 전인 세자 시절에 김인후에게 직접 그려서 하사한 '묵죽도'의 판각이 보관되어 있다. 이것은 하서 김인후의 절의를 상징하는 것이다.

안녕, 서원

충의와 의리

　　김인후는 31세에 대과에 급제한 후에 세자를 교육하는 일을 맡게 되었다. 김인후는 세자보다 5살이 많았는데, 둘은 군신 관계 이상의 진한 우정을 나누었다고 전해진다. 송시열은 둘에 대해 "인종이 김인후의 도덕과 학문의 훌륭함을 알아서 성심으로 예우하였고, 김인후 선생 또한 세자의 덕이 천고에 뛰어남을 알아 장차 요순의 정치를 펼 것으로 여겼다."고 말했다. 김인후는 인종에게 받은 묵죽도에 충성을 맹세하는 시를 남겼다.

> *뿌리, 가지, 마디와 잎새, 모두 정미하다(根枝節葉盡精微)*
>
> *굳은 돌, 벗의 정신이 깃들었네(石友精神在範圍)*
>
> *조화를 바라시는 임금의 뜻을 이제 깨닫노니(始覺聖神伴造化)*
>
> *천지에 한결같으신 뜻을 어길 수 없도다(一團天地不能違)*

안녕, 서원

서로의 신분을 떠나서 대나무와 바위와 같이 서로에 대한 신의를 지킬 것을 맹세하는 마음이 시를 통해 전해진다. 경장각의 지붕에는 서원에서 찾아보기 힘든 세 마리의 용머리가 있는데, 이것은 왕의 묵죽을 보관하고 있기 때문이다. 경장각의 편액은 정조대왕의 글씨이다. 인종과 그 신하의 이야기에 감동을 받은 정조가 경장각이라는 이름을 하사하며 묵죽도를 보관하도록 한 것이다.

인종이 승하하고 명종이 즉위한 후 을사사화가 일어나자 김인후는 관직을 사양하고 산림에 은둔하며 오직 학문에만 열중하였다. 김인후는 인종이 승하하자 그의 죽음에 의문을 가지고 조사하였으나 처방전조차 확인할 수 없었다. 군왕의 자질을 갖춘 임금이 자신의 몫을 다 살아 낼 수 없는 세상에 대해 그는 비통한 심정으로 관직을 내려놓고 정계를 떠난 것이다.

또한 자신이 죽으면 을사년 이후의 관작을 쓰지 말라고 유언하였다. 충의(忠義)와 의리(義理)를 매우 중요시한 사람임을 알 수 있다. 제자들에게 이어졌던 김인후의 이러한 충과 의리에 대한 정신과 가르침이 호남 지역의 의병운동에 영향을 미쳤다는 평가도 있다.

안녕, 서원

결국

고통이 없이는 성장도, 완성도 없었다.
아픔을 '승화'하는 과정에서 그 무엇이 나왔다.
상실의 아픔을 극복해 보지 못한 사람과는
어쩐지 대화가 통하지 않았다.

저 끝까지 잃어 보지 않고서는
도저히 이해할 수 없는 그 알맹이가 있다.

안녕, 서원

그것을 품어 진주를 만드는 이가 있는가 하면
마음이 딱딱하게 굳어 버리는 이도 있다.

감사하고, 사랑하는 것
답은 그것뿐이었다.

자연에 서면
돌멩이마저도 사랑을 노래한다.

바람 한 점의 소리,

나뭇잎끼리 부딪히는 소리를 들으며

마음 한편에 잘 품어 둔다.

사실 모든 인간은 용서할 것보다

용서받을 것이 많겠지.

그것은 문제이자 이유였다.

결국 제일은 사랑이라는 말이 맞다.

안녕, 서원

여섯

도동,
살리는 글을
쓸 수 있기를

· 1605 ·

도동서원

Dodong−seowon

안녕, 서원

마음에

나는 마음에

조금 더 푸르른 하늘을 품어

너에게 조금 더 큰 꿈을 들려주어야지

나는 마음에

조금 더 커다란 나무를 심어

너에게 조금 더 크고 시원한 그늘을 만들어 주어야지

나는 마음에

조금 더 드넓은 들판을 펼쳐

너에게 조금 더 편안한 누일 곳이 되어 주어야지

봉숭아

안녕, 서원

하얀 손에 봉숭아 물들이던 날,
할머니는 백반을 곱게 빻으셨다.

조그마한 새끼손가락부터
예쁜 꽃잎이 올려졌다.

재잘재잘 턱을 괴고 떠들다
기분 좋게 내리는 오후 녘 햇살에 마루에 누웠다.

송골송골 맺힌 땀 위로
할머니는 조용히 부채질을 했다.
예쁜 꽃잎은 손톱 위에서 살랑거렸다.

다시는 만날 수 없는
그 내음과 온도

그 순간의 사랑은 마음에 물들어
오늘의 아픔을 치유한다.

살리는 글을 쓸 수 있기를

나는 손도 베이기 싫고, 마음도 아프기 싫다.
그렇기에 다른 이를 다치게 하고 싶지도 않고,
마음에 상처를 주고 싶지도 않다.

타인을 아프게 하지 않는 것은 생각보다 어려운 일이다.
우리는 살아온 시간과 환경이 다르기에
같은 사건과 같은 말도 서로 다르게 받아들인다.

안녕, 서원

장난처럼 던진 농담이
상대의 마음엔 생채기를 낼 수 있고,
반대로 내게 무척 아프게 다가왔던 것을
상대는 너무도 쉽게 잊는다.

말을 예쁘게 한다는 것은
인생에서 그런 실수를 줄이는 것이다.

칼에 비유되곤 하는 말은
날카롭게 찌를 수도 있고
상처를 도려내 줄 수도 있다.

살리는 말을 할 수 있기를
살리는 글을 쓸 수 있기를
조금 더 풀어서 설명하고
조금 더 따뜻한 단어를 고르는 작은 수고를 통해
나와 너를 더욱 보듬을 수 있다면
나는 기꺼이 그러한 노력을 기울이고 싶다.

오랜 이야기

　　대구 달성에 위치한 도동서원은 낙동강을 따라 들어가다 보면 오름직한 산을 뒤로하고 위치해 있다. 자연과 더불어 아름답게 위치한 서원의 모습에 마음이 편안해진다. 무엇보다 커다란 은행나무가 서원이 들려줄 오랜 이야기를 기대하게 한다. '김굉필 나무'라고도 불리는 은행나무는 사액이 된 기념으로 한강 정구(鄭逑)가 심은 것으로 400여 년이 넘었다. 도동서원은 한훤당 김굉필 선생을 기리고 있으며 1607년 '도동서원'이라는 사액을 받았다.

안녕, 서원

물에 비친 달

도동서원의 외삼문이자 누각인 수월루(水月樓)는 '물에 비친 달'이라는 의미를 가지고 있다. 정면 3칸, 측면 2칸의 팔각지붕으로 2층 누각이다. 수월루에 올라 주변을 바라보면 빛나는 낙동강과 고령 개진면 일대의 평야를 한눈에 바라볼 수 있다. 도동서원은 거의 대부분의 건물이 차분하고 아름다운 맞배지붕 형식을 취하고 있는데, 수월루만 팔각지붕 형식을 취하고 있다.

나를 위한 그리고 너를 위한

나의 존재가 누군가로 대체될 수 없는
유일한 것임을 깨닫고

삶이 끝나는 순간까지
그 고유한 존재성을 유지하기 위해
받은 은총을 갈고닦아야 한다.

그저 다수들 중 한 명이 되는 것이 목적이 아니라
많은 사람들을 위한 한 명이 되기 위해 노력해야 한다.

이야기의 시작과 끝은 사랑이었다.
사랑으로 자랄 수 있었고
사랑으로 인해 선한 눈으로 세상을 바라볼 수 있었다.

이야기의 과정은 아픔에 있었다.
마음은 아픔을 통해 성숙되었고
악을 경험했을 때 비로소 분별할 수 있었다.

쉽게 포기하지 말고
쉽게 지치지 말고
쉽게 판단하지 않는 것

쉽게 자신의 한계를 긋지 않고
쉽게 결정하지 않는 것
받은 사랑으로 풍족하며
고난은 양분 삼아

나를 위한
그리고 너를 위한 한 시절을 살아 내는 것.

배롱나무 아래서

안녕, 서원

어린 시절, 할아버지와 내장산을 오를 때면 간지럼나무를 그렇게 찾았다. 어서 가서 간질이고 오라는 말이 떨어지자마자 신나게 달려 나가 나무 앞에 서고 나면 혹시나 나무가 아프진 않을까 싶어 손끝을 세우다 말고 손바닥으로 살살 쓰다듬곤 했다. 아직 남은 그 감촉은 손 아래 깊이 배어 있다.

간지럼나무는 본래 배롱나무이다. 7월부터 9월까지 약 100일 정도 꽤 긴 시간을 피어 있는 꽃이다. 배롱나무는 겉치레나 화려함 없이 맨들한 나무의 속살 그대로 서 있기 때문에 공부하는 학생들도 가식이나 꾸밈없이 순수하게 본질적인 것을 추구하는 것을 닮으라는 의미에서 서원에 많이 심긴다.

겸손한 마음으로

　수월루를 지나 서원으로 들어서기 위해서는 환주문을 거쳐야 한다. 환주문은 좁은 계단으로 올라가야 하는데, 이 계단은 한 사람씩 오르도록 만들어졌다. 이것은 바로 경쟁하지 말라는 깊은 뜻이 담겨 있는 것이다. 또한 머리를 숙이고 들어가야할 만큼 자그마한 환주문은 배움으로 들어서는 겸손한 마음가짐을 지녀야 한다는 의미를 담고 있다. 작지만 건축적인 아름다움과 깊은 의미를 지닌 도동서원만의 특별한 문이다.

안녕, 서원

고즈넉한

강학 영역인 중정당은 도동서원의 강당이다. 높은 단 위에 맞배지붕이 얹어져 세워진 건물로 서원의 중심으로서 고즈넉한 분위기를 뿜어낸다. 정면 5칸, 측면 2칸에 주심포 기둥이 세워져 있다.

중정당 축대의 받침돌인 기단석은 각각 다양한 색과 모양의 돌들로 이루어져 있다. 그 까닭은 김굉필을 흠모한 수많은 유생들이 전국 각지에서 가지고 온 돌로 쌓았던 축대이기 때문이다. 또한 중정당 기둥에는 하얀 종이처럼 둘러진 것이 있다. 이것은 서원 중에 으뜸이라는 의미를 지닌다.

할아버지의 편지

사랑한다고 말할걸 그랬습니다.
말할 수 있을 때 더 많이 사랑한다고
말해 줄걸 그랬습니다.

남겨 놓은 여백이 후회로 가득 찰 줄 미리 알았더라면
그때 당신의 손을 한 번 더 잡아 줄걸 그랬습니다.

미련한 나와는 참 다른 사람이었기에
늘 씩씩하게 이겨 낼 줄 알았습니다.
이겨 내 왔기에, 그게 그리 당연하다 여겼습니다.

비싼 화장품 하나 없이 늘 수수한 민낯의 얼굴을 하곤 하던
당신에게 그 이유를 물을 때면,
피부가 좋아 그렇다며 베실 웃던 당신의 말을
곧이곧대로 믿은 바보 같은 사람이었음을 고백합니다.

자신의 옷 한 벌 제대로 사 입지 않으면서
나의 정장은 빳빳하게 아침저녁 다리던 당신에게
따뜻한 장갑 한 번, 번번한 양말 한 번 사 신기지 못한
못난 사람이었음을 고백합니다.

나의 인생의 끝은 고민했으면서도
당신과의 이별은 생각조차 못하였던
어리석은 남편이었음을 고백합니다.

모든 것이 나의 오산이었음을,
크나큰 착각이었음을 고백합니다.

나의 뒤에서 묵묵히 그림자를 자처했던 당신이
나의 빛이었음을 고백합니다.

평생의 사랑과 아픔일 당신에게 나는
이렇게 구원받지 못할 늦은 용서를 구합니다.

안녕, 서원

일곱

병산,
푸른 절벽은 오후
늦도록 대할 만하다

· 1613 ·

병산서원

Byeongsan-seowon

서원으로 가는 길

안녕, 서원

병산서원은 아름다운 누각과 거대한 자연의 곁에 위치한 서원으로, 병풍 속에 들어온 듯한 느낌을 주는 곳이다. 류성룡이 풍악서당을 현재 병산서원의 위치로 옮겨 온 것이 첫 시작이다. 1604년 류성룡이 타계한 후 제자와 후손들이 그를 기리기 위해 건립하였다.

류성룡은 조선의 5대 명재상 가운데 한 사람이다. 임진왜란으로 혼란한 상황 속에서 이순신을 천거하고 나라를 지키는 것에 온 마음을 다하였다. 관직을 삭탈당하게 된 후에는 안동으로 내려가 임진왜란을 겪으며 느끼고 배운 것들을 후대의 사람들에게 남기기 위해 『징비록』을 써냈다. 죽는 순간까지 정직하고 청렴했던 그는 참된 관리의 삶을 살았던 인물이다.

병산서원은 주차장으로부터 어느 정도 걸어 들어가야 한다. 왼쪽으로 낙동강이 흐르고 하얀 모래밭과 수려한 산자락을 바라보며 걷다 보면, 배롱나무들이 가득 피어 있는 서원이 보인다.

미완의 시

할머니가 좋아하시던 시집이 한 권 있었다. 할머니가 돌아가신 후 꽤 오랜 시간이 흘러도 도통 읽을 용기가 나지 않았다. 어느 날, 책장에서 손이 멈춰 그 시집을 꺼냈다. 후르륵 넘기려다가 맨 앞 페이지에 쓰다 만 시를 발견했다. 한눈에 알아볼, 잊지 못할 글씨체로 적힌 그 시는 채 완성되지 못한 채 가만히 멈춰 있었다. 할머니가 그 시를 쓰던 그 순간이 내게로 깊게 다가왔다. 그 미완의 질문에 연필을 들었다.

누군가 들어 주는 이 없어도
칭찬하는 이 없어도
그 강물은 조용히 흘렀다.

행복도, 사랑도,
아픔도, 그리움도
묵묵히 안아 들고 조용히 흘렀다.

그리 살고 싶었다.

네가 울고 있는 날이면
눈물을 닦지도 못한 채
울고 있는 날이면

나의 노래가 흘러 흘러
너에게 닿기를 바랐다.

지쳐 일어서지 못했을 때
앞길이 보이지 않았을 때
나를 일으켜 준 그 노래가 흘러 내려오던
그 강가를 기억한다.

그 강가에 가고 싶다.
강물은 조용히 노래하겠지.
나도 함께 조용히 노래하리라.

복례문

병산서원의 정문.

복례란 '자기를 낮추고 예로 돌아가는 것이 인이다'
라는 의미를 지닌다.

취병의만대(翠屛宜晚對)
– 푸른 절벽은 오후 늦도록 대할 만하다

강도한산각(江度寒山閣) 강은 겨울 산 누각 옆을 지나고
성고절새루(城高絕塞樓) 성은 높아 변방의 보루에 우뚝하다
취병의만대(翠屛宜晚對) 푸른 절벽은 오후 늦도록 대할 만하고
백곡회심유(白谷會深遊) 하얀 계곡은 모여 오래 놀기 좋아라

- 두보, 「백제성루(白帝城樓)」 중에서

안녕, 서원

병산서원을 참 아름다운 서원으로 기억나게 해 주는 만대루는 두보의 시구 "취병의만대(翠屏宜晚對)"에서 이름을 따왔다. 늦은 오후에 이르기까지 바라보아도 지루하지 않으리라는 말이 참 어울리는 곳이었다. 만대루를 보고 있자면, 자연과 어울리는 것을 중요한 가치라고 여겼던 옛 마음이 깊은 가르침으로 다가온다. 이 평화로운 풍경은 사람을 다시금 숨 쉴 수 있게 만드는 것이었다.

있을 법한 일이다

인생은
단 하루도 같은 날이 없다.

아무리 똑같은 일을 한다고 해도
어제와 오늘이,
어제의 나와 오늘의 내가 같을 수는 없었다.

그 오늘 안에서 만나는 모든 것들은
마음을 두드렸다.
때론 부서지게 두드렸다.

이해되지 않는 일을 겪을 때면
용납되지 않는 사람이 있을 때면
아픈 상황을 만날 때면 조용히 읊조렸다.

안녕, 서원

있을 법한 일이다.
있을 법한 일이다.

왜 나만, 왜 내 곁에만, 왜 내 인생만,
왜 뒤에 붙은 원망은 해결 없이 아프기만 할 뿐이었다.
대신 있을 법한 일을 어떻게 다룰지 고민했다.

인생의 모든 일은 있을 법한 일이었다.

단지 너와 내가 그 모든 있을 법한 일을
이겨 낼 수 있는 특별하게도 소중한 존재일 뿐이다.

안녕, 서원

병산서원에 두 번째 가던 날

서원에 도착하자 추적추적 비가 내렸다. 푸른 하늘에 맑은 날씨의 병산서원도 참 좋았던 기억이었으나 빗방울이 내려앉는 서원은 바라보는 것만으로도 운치 있었다. 산에서 피어오르던 안개도, 카메라 렌즈에 조금씩 담기는 빗방울도, 그날을 특별히 기억나게 해 줄 것 같아 괜히 마음이 즐거웠다.

비가 온 탓인지 조용한 서원에서 순간순간의 각을 물끄러미 바라보는 것이 참 행복했다. 여러 서원의 마루에 앉아 보았지만 병산서원의 입교당 마루는 만대루가 한눈에 들어오며 뒤에 펼쳐지는 풍경과 함께 감탄을 자아내는 곳이다. 가만히 앉아 그 누구에게도 방해받지 않고 빗방울이 떨어지는 소리를 들으며 아름다운 자연을 바라보았던 그 순간이 참 소중하다.

마음이 불안하고 두려울 때

잠시 멈추고 숨을 골랐다.
소리 없으나 요동하는 마음을 가만히 응시했다.

그 순간 무엇보다 중요한 것은
가장 두려운 것을 직면하기로 결심하는 것이었다.

확신과 믿음.

이것은 결과의 성공에 대한 무조건적인 확신이 아니라
직면한 문제에 대해서 최선을 다하리라는 확신.

그로 인해 나의 삶이 한 단계 나아가고
자신이 성장하리라는 믿음이다.

안녕, 서원

겉으로 보이는 같은 실패에도

각 사람마다 성장의 역량은 너무도 다르다.

그 역량을 어떻게 키우느냐가 인생의 차이를 가져온다.

그런 순간

그것은
늘 꿈꾸던 곳을 직접 마주했을 때의
벅찬 순간일 수도 있고,
책에서 가히 충격적으로 와 닿는
어느 글귀를 읽었을 때일 수도,
사랑하는 사람과 함께 여행 중 마주한
노을의 찰나일 수도 있다.

매일을 살아가는 것은 쉽지 않다.

때로는 지루한 일상을 견디며,

곁의 그 사람을 사랑하는 마음을 잃지 말아야 하고,

그 안에서 내 삶의 의미를 찾아야 한다.

사람에 상처받을 때도 있고,

몸이 아플 때도 있고,

삶이 참 벅차게 느껴지는 어려운 시절도 온다.

그럴 때면

삶이 선물처럼 주는 순간이 있다.

시간이 조금 흐르더라도

늘 마음에 생생히 남는 그런 순간 말이다.

삶의 본질에 대해 돌아보게 만드는 그 시간은
힘든 시절이면 다시금 무지개가 되어 떠올라
우리에게 약속한다.

다시 해가 뜰 것이라고,
다시금 소중하고 따뜻한 순간이 너의 삶을 채우리라고.
힘겨운 이 시기를 잘 견디다 보면
다시 찬란한 순간이 올 것이라고 말이다.

안녕, 서원

일곱 ｜ 병산, 푸른 절벽은 오후 늦도록 대할 만하다

서로 꽉 안아 주라고

바다는 매일이 다르다.
삶과 같다.

찬란한 햇살 아래
잔잔하고 아름답게 반짝이다가도
검은 구름에 둘러싸여 험한 파도가 몰아친다.

그러나 감사하지 않은 날은 없다.
쉬운 날만 있지 않았고
쉬운 날만 있지 않을 것이다.

그러나 쉽지 않다는 것은 영원한 불행이 아니다.
지나가기 때문에.

모든 시간 속에는 배울 것이 있었고
그 진주를 발견하는 것은 자신의 몫이었다.
다시 해가 뜰 줄 모르고
낙심하며 나아가지 아니하는 사람은
그곳에 닿을 수 없다.

오늘 하루가 주어진 우리는
믿음으로 걸어가야 한다.

오늘 하루는
나와 같은 너를 위해 주어졌다.
나와 같은 너를 사랑하라고 주어졌다.
나와 같은 너의 아픔을 돌아보라고.
서로 꽉 안아 주라고.

안녕, 서원

안녕, 서원

여덟 /

무성,
옳은 길을
따르라

무성서원

Museong‒seowon

어렵고 힘든 상황에도 학문을 계속하라

현가불철(絃歌不輟) - 『논어』

안녕, 서원

무성서원은 전북 정읍시의 칠보면에 위치해 있다. 칠보는 일곱 가지 보석이 있다고 하여 이름 붙여진 지역이다. 다른 서원들은 깊은 산중이나 사람들이 살아가는 삶의 터전과는 거리가 있는 곳에 위치한 경우가 많았다. 서원은 주로 유식을 위해 자연이 아름답고, 풍수지리가 좋은 곳에 있었기 때문이다. 그러나 무성서원은 고을의 중심에 위치해 있으며 사람들의 집이 둘러싸고 있다.

무성서원은 마을 안에서 백성들과 함께 현실을 바라보면서 학문에 힘썼던 장소이다. 서원이 마을 안에 있다는 것은 특별한 사람들에게만 학문의 기회를 제공하는 것이 아니라, 신분적인 차별을 최대한 없애고 모두에게 열려 있는 학문적 공간으로서의 성격을 드러낸다. 책 속에 있는 학문뿐만 아니라 마을 사람들과의 소통과 현실에 대한 공부, 그리고 학문을 세상에 실현시키는 것을 중시했음이 느껴졌다. 무성서원은 외삼문을 세우지 않고 '현가루'라는 이름의 정문을 세웠다. 현가루의 뜻은 『논어』의 현가불철(絃歌不輟)에서 따온 것으로 거문고를 타면서 노래를 그치지 않는다는 뜻으로, 힘들고 어려운 상황 속에서도 학문에 계속 정진하라는 의미가 담겨 있다.

덕치

무성서원의 강학 공간과 제향 공간을 구분하는 내삼문에는 선명한 태극 문양이 있으며 내삼문을 넘어가면 신라시대 최고의 문인으로 알려진 고운 최치원의 영정이 있는 태산사가 있다.

최치원은 12세에 당나라로 유학을 떠나 18세에 중국에서 빈공과에 합격한 인물이다. 중국에서 황소의 난이 일어났을 때 종사관이 되어 반란을 진압하기 위해 파견 되었다. 반란을

안녕, 서원

일으킨 황소에게「토황소격문」을 써서 보냈고, 황소는 그 격문을 읽고 충격으로 놀라 땅바닥으로 굴러떨어졌다는 일화가 전해진다.

29세에 신라로 금의환향을 하였고 정강왕의 총애를 받던 중『계원필경』을 저술하여 왕에게 올린다.『계원필경』은 우리나라 첫 과거시험의 본보기 역할을 한다. 진성여왕 때에는 신라를 개혁해 보고자「시무 10조」를 올렸으나 신분 높은 귀족들에 의해 제대로 뜻을 펼칠 수가 없었다. 최치원 본인의 신분 또한 진골 아래인 6두품으로 낮았다.

신라 사회의 신분제 문제에 부딪히고 절망한 최치원은 벼슬을 내려놓는다. 신라에 큰 실망을 하게 된 최치원은 고려에 우호적인 마음을 가지게 되었다. 아래 왕건에게 보낸 서신을 통해 그의 마음을 엿볼 수 있다.

"경주 계림은 누런 잎이요, 개성 송악은 푸른 소나무다."
(鷄林黃葉 鵠嶺靑松)

최치원은 886년 서른 살에 태산의 태수로 부임하여 선정을 베풀었다. 최치원이 떠난 후 태산의 백성들은 최치원을 존경하고 그리워하며 살아 있는 사람을 기리는 생사당인 태산사를 만들어 기억하고자 하였다. 무성서원은 고운 최치원의 태산군수 재임 중의 치적을 기리기 위해 세운 서원인 것이다. 한 사람의 덕치를 기억하고 보은하고자 하는 마음을 담은 곳에서 시작되었다는 것이 무성서원의 가치를 더욱 특별하게 만들었다.

안녕, 서원

옳은 길을 따르라

안녕, 서원

옳은 길, 의의 길을 따르는 것은
매우 중요하나 분별부터 쉽지 않다.

저마다 자신의 생각이 맞다 하며
때로는 부서지지 않는 확고한 신념을 가진다.

더불어 살아갈 수 없는 부서지지 않는 신념이
잘못된 경우 결국 남을 부순다.

무엇이 옳을까.

옳은 길이란 결국 사랑이라고 생각한다.
사랑하는 마음이야말로 분별하기 어려운
그 길을 찾게 하는 열쇠일 것이다.

신념의 행동이 쓸모없는 몸부림이 되지 않도록
우리는 마음에 먼저 사랑을 품어야 한다.

실천하는 삶

강수재는 공부하던 유생들이 기거하던 기숙사이다. 그 앞으로는 병오창의 기적비가 자리하고 있다. 병오창의는 무성서원의 정신을 잘 드러내는 사건이다. 무성서원은 지역 자치 규약인 향약의 중심적인 거점으로서의 역할을 하면서 지역의 결집에 중요한 곳이었다. 이것은 일제 강점기에도 이어졌다. 항일의병항쟁으로 이어지는 병오창의는 집권층의 부패와 외세의 침략, 그리고 을사늑약에 항거하기 위해 1906년 임병찬과 최익현을 중심으로 항일의 횃불을 들었던 사건이다. 호남 최초의 의병이 일어난 것을 기념하기 위해서 1992년에 기적비가 세워졌다.

공부가 진정한 가치를 발휘할 때에는 배운 대로 '행함'이 있을 때였다. 정의를 외치는 것, 정직을 말하는 것, 나라를 사랑하는 것, 남을 위하는 것, 말로는 다 쉽다. 그러나 목숨을 걸고 그것을 지키는 것은 누구나 할 수 있는 것이 아니다.

우리의 사회가 이토록 혼란한 것은 배운 것에 대한 행함이 부족하기 때문은 아닐까 고민해 보아야 한다. 좋은 말을 하는 사람은 많지만 그 말대로 살아가는 사람은 흔치 않다. 사람들은 정의를 위해서라고 말하지만 자신의 욕심을 위한 포장일 때도 많다. 우리는 늘 깨어 반성하고 내가 말하는 그 가치를 실제로 실천하는 삶을 살아 내야 할 것이다.

:: 강수재와 병오창의기적비 ::

진정한 가치

　누군가가 보기에는 다른 서원에 비해 작을 수도 있고, 멋진 자연 풍광이 없는 것처럼 느껴질 수 있다. 그러나 서원이라는 공간에 대한 의미를 새롭게 찾을 수 있다는 점이 내가 느낀 무성서원이 지닌 특별함이었다. 무성서원에서는 강당에 모여 앉아 글만 읽는 것에 그치지 않고 시대의 국민을 사랑하고 나라를 사랑하는 마음으로 옳은 것을 위해 맞서 싸웠던 선비들의 기개와 정신을 발견할 수 있었다.

　조선 후기 부패의 온상지로 여겨졌던 서원이지만 무성서원은 백성과 소통하며 을사늑약에 항거하며 나라를 향한 선비로서의 충심을 지켰던 곳이다. 이곳에서 성장한 많은 사람들이 나라를 위해 싸웠다. 의로움을 위해 목숨을 바쳤던 사람들을 우리는 기억해야 한다. 무성서원원규를 살펴보면 다음과 같은 내용이 있다.

"입재의 규약은 나이와 귀천을 불문하고 뜻을 가지고 독
서하여 학문을 하려는 사람이라면 모두 들어올 수 있
다. 하나. 성현의 경서와 성리에 관한 책이 아니면 서원
안에서 보아서는 안 된다. 다만 역사책은 반입을 허락한
다. 과거 시험을 공부하고자 하는 자라면 반드시 다른
곳에서 익혀야 할 것이다."

　　상아탑 본연의 자세를 가지고 시대의 어려움을 통과하여
백성들의 삶에 녹아들어 있는 무성서원의 진정한 가치는 외적
인 화려함에서 찾을 수 있는 것이 아니었다. 진정한 학문에 대
한 열망과 단순히 글 읽는 것에서 그치지 않은 목숨을 건 실천
이 있었던 곳, 그곳이 바로 무성서원이다.

안녕, 서원

조용한 기도

숨죽여 울던 그날 밤
곁을 지켰다.

조용한 기도였다.

옳은 것을
행하려 애썼고
늘 치여 울었다.

왜 이러한 일이
있어야 하느냐 물었다.

그 아픈 물음에
하늘도 얼굴을 구겼다.

그곳에서부터

안녕, 서원

지나간 시간엔 폭풍도 있었고,

누군가를 향한 한낮의 뜨거운 열정도 있었고,

내 손이 닿아 이룬 것에 대한 환희도 있었다.

마음에 때론 진한 불씨가 붙었다.

그것은 불의한 타인을 향한 분노일 때도 있었고,

아무리 애써도 바뀔 것 같지 않은 사회와

거대한 현실 앞에서 느껴지는

무력한 씁쓸함일 때도 있었으며

나의 앞길을 헤아릴 수 없는 때

느껴지는 짙은 불안감일 때도 있었다.

그럴 때면 할 수 있는 것을 했다.

부정은 가만히 놓아두면 어둠처럼 마음을 잠식한다.

나의 세상을 밝히는 것은 오로지 나의 몫이었다.

어쩌면, 나의 길은

그것을 깨달았던 그곳에서부터 시작되었다.

선한 씨앗

장마로 비가 내렸다 그쳤다 합니다. 때때로 맑게 얼굴을 내밀어 주는 햇살과 유난히도 멋있는 구름에 무더위를 참아 낼 맛이 나는 요즘입니다.

누군가를 미워하는 마음이 불현듯 솟아날 때가 있습니다. 앞과 뒤가 다른 모습을 보며, 아무렇지 않게 거짓말을 하는 모습을 보며, 도대체 이해할 수 없겠다 싶은 사람이 살아가다 보면 분명

안녕, 서원

있습니다. 그럴 때면 분을 내고 싶어지기도 합니다. 어떻게 하는 것이 맞는지 판단이 잘 서지 않습니다. 잘못된 것을 호되게 짚어 주는 게 맞는 일이다 싶다가도 그러한 모습조차 수도 없는 상처의 결과이지 않을까 싶어 안타까워집니다.

싸매지 못할 상처는 내지 않는 것이 맞습니다. 누군가에게 피치 못하게 해야 할 쓴소리는 약이 되는 소리여야 합니다. 그러기 위해서는 진심으로 한 인간을 아끼는 마음이 기저에 깔려 있어야 합니다. 단순히 분풀이를 하고, 너는 틀렸고, 못쓸 인간이라는 것을 확인시켜 주기 위한 마음으로 내뱉는 말은 독이 되어 관계에, 그와 나의 인생에 박힐 것입니다.

어떠한 순간이면 일단 나의 마음을 바라보기로 했습니다. 상대의 안 좋은 모습을 보기 이전에, 내 마음을 말갛게 씻기로 했습니다. 아프고 불편한 감정을 다독이고 다시 평정심을 찾고 바라봅니다. 어떻게 하면 분의 씨앗이 아니라 선한 씨앗을 심을 수 있을지 고민합니다. 그래야만 합니다. 당장의 고함으로 문제를 해결할 수 있을 것처럼 느껴지지만 사람은 그렇

게 쉽게 바뀌지가 않고, 문제는 그리 쉬이 다루어지지 않습니
다. 화도 꼭 필요한 때가 있습니다. 사랑을 바탕으로 어떠한
방법이 옳은지 고민하며 또 실천합니다.

이 모든 것을 분별하는 것은 쉽지 않습니다.
그러나 지혜, 또 지혜를 구하며
선한 마음으로 선한 씨앗을 뿌리며 살아갈 겁니다.
절대 포기하지 않을 겁니다.

항해자

세상에 터져 나와 울었다.
울어 본 이는 모두 항해자였다.

모든 이의 삶에는
자신만의 바다가 있다.

자신만의 파도가 있고, 폭풍우가 있으며
지나치게 아름다운 노을이 있고
마침내 넘어 도달해야 하는 그곳이 있다.

안녕, 서원

방향을 잃을 수도 있고,
자신의 한계를 만날 수도 있으나
잊지 말아야 할 것은
그 큰 바다는 오로지 자신의 것이라는 사실이다.

자신의 파도에 맞춰 춤도 추어 보고
몰아치는 폭풍에 목 놓아 울어도 보고
빛나게 쏟아지는 별빛 아래 위로도 받다가
갈 길을 찬란히 밝히는 해를 바라보며
또 열심히 당신의 길을 나아가길.

이 크고 넓은 당신의 바다를
두려워 말고 마음껏
가르고 나아가길 바란다.

아홉

돈암,
은둔이
필요한 순간

돈암서원

Donam – seowon

은둔

　우리는 무엇인가를 피한다는 것에 대해 나약하고 비겁한 것이라 생각하는 세상을 살아왔다. 쓰러질 때까지 하는 것이 옳다고 생각되는 시절도 있었다. 지금도 때때로 있는 힘을 다해 맞서기도 하며, 마지막 순간까지 버텨 내곤 한다. 그러한 시간은 나를 성장시켰다. 그러나 나를 숨 쉬게 할 수는 없었다. 나를 다시 살게 했던 것은 '은둔'이었다.

안녕, 서원

은둔형 외톨이와 같이 '은둔'이 부정적인 의미로 많이 거론
되는 것을 흔하게 듣는다. 과학기술의 발전은 우리 사회를 더
욱 편리하게 만들었다. 정보를 얻는 것은 너무도 쉬워지고 일
상은 편리해졌지만 그만큼 우리에게 필요 없는 수많은 소리도
함께 들려온다. 내 친구가, 내 옆집이 어떠한 삶을 영위하는지
손안에서 들여다볼 수 있게 되었다.

그만큼 과열된 경쟁과 비교는 우리의 삶에서 여백을 지워
갔다. 너와 내가 소통하기는 편리해졌을 수 있으나 우리의 마
음과 마음의 거리는 더욱 멀어지는 시대 속에서 심지어 나와
나 자신의 거리마저 멀어졌다. 혼란한 세상 속 잠시 멈추고 자
신의 마음의 소리에 귀를 기울이는 순간이 우리에겐 필요하다.

우리가 살아가고 있는 이 세상은 '은둔'이 절실하다. 인간은
고요해질 때 비로소 작은 소리를 들을 수 있다. 수많은 소음을
단호하게 허락하지 않는 그 조용한 시간이 우리의 영혼을 소생
시킨다.

인간은 혼자서 살아갈 수 없다. 세상 안에서 나와 다른 이들과 관계를 맺으며 살아가야 한다. 타인과 각자 자신만의 소리를 내며 공유하고 소통하는 것은 인생에 꼭 필요하고 때론 무척이나 가치 있는 일이다. 그러나 세상으로부터 잠시 거리를 두는 것 또한 매우 큰 용기가 필요하다.

남들보다 뒤처지지는 않을까 걱정하는 마음을 내려놓고, 돌고 도는 쳇바퀴에서 내려와 잠시 주변의 모든 소음을 꺼야 한다. 어디로 향하고 있는지, 누구와 함께하고 있는지, 나의 노력이 어떠한 결과를 만들어 내고 있는지, 그리고 내가 원하는 삶은 무엇인지. 정말 중요한 소리를 듣기 위해서 말이다.

용기 있게 물러나

충청남도 논산시에 위치해 있는 돈암서원은 1634년 사계(沙溪) 김장생을 기리기 위해 후학들에 의해 건립되었다. 1660년 현종 때 '돈암서원'이라는 현판을 받았다. 돈암서원이 본래 위치하던 곳은 현재의 위치에서 1.5㎞ 정도 떨어져 있는 항미리 숲말이었다. 사계 김장생은 양성당을 지어 30여 년 동안 제자들을 길렀다. 제자들이 사계 김장생이 죽은 후 3년이 되었을 때 그를 기리기 위해서 사계 서원을 세웠고 이후 사액을 받아 돈암서원이 된 것이다. 후에 낮은 지대로 인해서 홍수 피해를 받게 되자 현재의 위치로 옮겨져 자리 잡게 되었다.

항미리 숲말에는 돈암이라는 커다란 바위가 있었고 그 바위로부터 이름이 유래되었다는 이야기가 전해진다. 그러나 돈암의 돈이 본래 '둔(遯)'으로 『주역』의 '둔괘(遯卦)'와 깊은 관련이 있으며 주자가 사용하였던 둔옹(遯翁)이라는 호를 가탁하였을 것으로 추정되고 있다. '둔'은 비겁하게 피하는 것을 의미하는 것이 아니라 용기 있게 물러나 있는 것을 의미한다. 세상이 너무나 어지러울 때 한발 물러나 은둔하는 것을 뜻하는 것이다.

김장생은 '예학'의 대가로 불리는 인물이다. 당시 시대는 임진왜란이 일어났고, 나라의 곳곳에는 눈물이 가득했다. 누군가는 나라를 팔았고, 누군가는 목숨을 바쳐 싸웠다. 성리학의 이론적인 가르침은 혼돈의 세상 속에서 설 자리를 잃었다. 그때 성리학의 실천적인 이론인 예학이 등장했다.

예학은 '예'를 중시하는 학문으로 율곡 이이의 학풍을 이어받았다. 김장생의 아버지인 김계휘 때부터 경회당을 세워 학문을 연구하는 것에 많은 노력을 기울였으며 그 열심은 이후에 김장생이 세운 양성당으로 이어져 오랜 세월 후학을 양성하는 것에 힘썼다.

안녕, 서원

응도

도가 머무는 곳

　응도당은 돈암서원에서 가장 인상 깊었던 건축물이다. 서원에 들어서면 바로 왼쪽으로 커다란 건물이 한 채 서 있다. 따뜻했던 날씨 덕분인지 마루 너머로 보이는 초록이 아름다워 한참 동안 눈길이 머물렀다. 응도당은 유생들이 공부를 하던 곳으로, 우리나라의 보물 제1569호로 지정되어 있다. 여러 서원을 살펴보았을 때 학생들이 공부를 하는 강당의 위치가 서원 내에서 응도당처럼 위치해 있는 것은 독특한 배치였다.

안녕, 서원

응도당은 지금의 자리에 서원이 옮겨지기 전에 본래 서원이 있던 곳에서는 사당 앞에 지어진 강당이었다. 처음 서원이 터를 옮기던 때에 응도당은 함께 옮겨지지 못했다. 당시의 기술로는 옮기기 어려워 김장생이 후학을 양성하던 양성당을 현재의 강당의 자리에 배치해 두었다. 그 후 1971년, 마침내 응도당이 옮겨지게 되면서 서원의 서쪽에 따로 위치할 수밖에 없게 된 것이다.

크기는 모든 서원 건축물 가운데서도 최대 규모이며 기와와 서까래를 받치는 화반이 매우 아름답고 세밀한 것을 살펴볼 수 있다. 응도당이 특별한 건축물로 인정받고 우리나라의 보물이 된 까닭은 고대 예법에 맞는 건축의 양식을 실제로 적용했기 때문이다. 이에 대한 자세한 내용이 김장생이 저술한 『가례집람』이라는 책에 드러나 있다.

안녕, 서원

방풍벽과 눈썹 처마

　　응도당에 걸린 '응도당'이라는 글씨와 마루의 '돈암서원'은 모두 송시열이 쓴 글씨이다. 또한 기둥마다 주련이 붙어 있다. 주련이라는 것은 기둥마다 시구를 연하여 걸어 둔 것을 말한다. 응도당의 지붕은 옆에서 바라볼 때 사람 인(人) 자 모양과 비슷한 맞배지붕이다. 도산서원의 유생들 기숙사인 농운정사가 제자들이 공부를 열심하기를 바라는 마음을 담아 공(工) 자 형태로 지은 것이 생각났다. 도가 머무는 곳이라는 응도당도 학생들이 도를 깨우쳐 참인간이 되길 바라는 마음이 담긴 공간일 것이다.

안녕, 서원

덕에 이르는 문

　입덕문은 말 그대로 '덕에 이르는 문'이라는 뜻이다. 돈암서원에서 공부하는 학생들의 목적은 나라의 관직을 한자리 차지하는 것이 아니었다. 자신의 몸과 마음을 수양하고 배우고 익혀 군자가 되는 것이 공부의 목적이었다. 이 문을 드나들며 이곳에서 공부했던 수많은 사람들은 자신이 무엇을 공부하기 위해 나아가고 있는지 고민했을 것이다.

안녕, 서원

지금 이 순간에도 학교와 학원에서 어린 시절을 공부하며 보내고 있는 수많은 아이들이 있다. 물론 아이들은 당연히 배워야 한다. 건강한 어른으로 성장해 자신의 삶을 개척하고 살아 나가기 위해서는 그 어려운 공부를 해내야 한다. 그런데 성장하며 그 열심 속에 왜 공부를 해야 하는 가가 비어 있는 경우가 많다. 단순히 좋은 대학교를 나오면 더 좋은 직장을 가질 수 있고, 더 좋은 직장을 갖게 되면 다른 이들보다 물질적인 풍요를 누리기 좋으며, 돈이 힘이 되는 세상에서는 남들보다 많이 갖는 것이 성공한 인생이라고 바라보아진다.

한 사람의 삶의 가치가 이것에만 있을까. 애쓰고 배우는 모든 시간이 헛되지 않기 위해서는 왜 공부하는가가 중요하다. 참 인간으로서 바람직한 인격을 쌓는 것은 모든 공부의 궁극적인 목표 중에 하나로 기억되어야 한다. 입덕문을 통해 서원에 들어설 때 덕에 이르는 배움에 대해 깊이 고민해 보길 바란다.

조각

안녕, 서원

우리는 매일 무언가에 열심을 쏟지만
사실 지금 하는 일이 어떤 큰 그림의 조각인지 모른다.

짧은 식견으로
생각을 하고, 판단을 하고, 행동을 하지만
그 일이 어떠한 결과를 만들어 낼지 정확히 알 수 없다.

선한 의도는 반드시 선한 결과를 보장해 주지 않았고
누군가의 악함으로 마음이 단단해지기도 했으며
쉽게 쓰인 글에 어떤 이는 하루를 살아갈 힘을 얻었다 했고
생각 없이 했던 말에 다른 이는 하루를 아파했다.

주어진 일에 최선을 다했을 뿐이었으나
생각지도 못한 결과로 돌아왔고,
너를 위해 했던 일이 우리를 살리는 일이 되기도 하였다.

한 치에서 '치'는 3.03㎝를 나타낸다고 한다.
한 치 앞도 볼 수 없는 인생.

그렇다.
나는 3㎝ 앞도 내다볼 수 없었다.
내가 빚어 가는 이 조각이 나의 삶에 어느 조각인지
너의 삶에 어느 조각이 되어 줄지 알 수 없다.

안녕, 서원

그렇기에 오늘도 소망한다.

내가 오늘 빚는 이 조각이 선하고 아름다운 이의 조각이길.

너의 삶에 내가 그러한 조각이 되어 주길.

그리고 너와 나의 삶이 마침내 아름답게 완성되길 말이다.

양성당

안녕, 서원

양성당은 김장생이 실제로 기거하며 제자들을 가르쳤던 곳으로, 돈암서원이 현재의 위치로 옮겨질 때 응도당 대신 강당의 자리를 차지했다. 양성당의 양옆으로는 학생들이 공부하고 기숙하던 건물이 마주 보고 위치해 있다. 학생들은 서로를 마주 보며 공부하고, 스승은 모든 학생들을 고루 살피는 구도이다.

괜찮다, 다 괜찮다

안녕, 서원

네게 속삭였다.

괜찮다. 다 괜찮다.

바람은 계속해서 불었다.

너는 자꾸만 흔들렸다.

계속해서 네게 말했다.

괜찮다. 다 괜찮다.

너는

꿋꿋이 섰다.

바람이 계속해서 분다.

너는 다시 흔들린다.

계속해서 네게 말한다.

괜찮다. 다 괜찮다.

너는

꿋꿋이 선다.

넉넉한 마음

안녕, 서원

돈암서원은 전학후묘의 구조로 양성당 뒤편에 숭례사가 위치해 있다. 그 사이 내삼문의 담에는 다음과 같은 글자가 새겨져 있다. 김장생과 그의 제자들이 지니고 있던 정신을 드러내고 있는 것으로 느껴졌다.

지부해함(地負海涵)

박문약례(博文約禮)

서일화풍(瑞日和風)

지부해함(地負海涵)은 '땅이 모든 만물을 짊어지고 바다가 만천하를 포용하는 것과 같은 넓은 마음'을 의미한다. 박문약례(博文約禮)는 '지식은 넓히고, 행동은 예의에 맞게 하라'라는 의미이고, 서일화풍(瑞日和風)은 '좋은 날씨 상서로운 구름, 부드러운 바람과 단비'를 의미한다. 모든 것을 포용할 수 있는 넓은 인품을 가지고 배움을 통해서 지식을 넓히면서도 겸손하고 예의 발라야 한다. 또한 다른 사람들을 좋은 날씨의 자연처럼 편안하게 웃는 얼굴로 대하라는 의미가 담겨 있다. 자연과 같이 마음이 넉넉한 사람이 귀한 시대이다.

참 어려운 순간을 만났을 때

살아가다 보면 참 어려운 순간을 만난다.

소중한 사람을 잃는 것일 수도,
믿었던 이의 배신일 수도,
애쓰고 수고한 일의 실패일 수도,
나 자신으로 인한 문제일 수도 있다.

우울의 시대라고들 한다.
잘 먹고 잘 사는 사람들이 이렇게나 많은데
속이 곪은 사람들 또한 그렇게도 많다.

안녕, 서원

넘어진 순간, 일어나기 힘든 순간
진정으로 가장 먼저 붙들어야 하는 것은
다른 사람도, 물질적인 그 어느 것도 아니다.
바로 자신이다.

아무리 친밀해도 삶의 모든 순간
내 곁을 지켜 줄 수는 없다.
어떤 순간에도 내 곁에 있는 것은
나 자신임을 기억해야 한다.

건강한 몸과 마음으로
고요한 시간을 즐길 줄 아는 멋이 삶에는 필요하다.

다른 사람의 이야기로 시간을 채우기 전에
나의 목소리에 먼저 귀를 기울여야 한다.

조금은 쓰나 몸에 좋은 것을 먹어야 하고,
나의 마음에 유익한 것을 읽어야 한다.

하루 중 잠깐의 시간은
좋아하는 노래와 함께 걸으며 사색하기도 하고
자신의 감정을 스스로 알아주어야 한다.

반성할 것은 깊고, 또 깊게 반성하다가
웃을 땐 환하게 웃고
눈물이 나올 땐 울어야 한다.

참 어려운 순간에 붙잡아야 하는 것은
다른 어느 것도 아니다.
바로 너 자신이다.

안녕, 서원

외로울 용기

안녕, 서원

인간은 외롭다.

누군가 곁에 있을 때 잠깐 잊힐 수는 있으나
고요해지는 순간 다시금 외로워진다.

성장하며 나아가는 순간에도 한편은 외롭다.
머리를 많은 지식으로 채워 보아도 한편이 외롭다.
많은 돈을 벌어도, 많은 친구를 만나도,
마음에 사랑하는 이가 있어도
어느 순간 가슴 한편이 외롭다.

지금의 나를 키워 준 이들이 그립고,
사랑하는 떠난 사람이 그립고, 그토록 원했지만
이루어지지 않았던 일도 그립다.

한 사람의 곁에 끝까지 있어 주는 것은
다른 사람일 수 없다.

삶에 있어서 홀로 울게 되는 그 순간까지
눈물을 닦아 주고, 먹을 것을 먹이는 것은
결국 나 자신이다.

다른 사람과의 관계가 중요한 사회 속에서
자신을 바라볼 때조차 남이 나를 바라보는 시선으로
자신을 바라보는 사람들이 많다.

다른 이의 기분은 하루 종일 살폈으나
나의 기분은 생각조차 못했던 날들,
사회에서의 생존을 위해 미뤄 뒀던 '나'를 기억해야 한다.

안녕, 서원

어떤 이들은 홀로 있는 시간을 견디지 못한다.

나를 뒷전으로 미루었던 이가 혼자 있게 되었을 때,

그는 너무도 고독하다.

자기 자신과의 그 끝없는 어색한 기류 속에서

어쩔 줄 몰라 하는 지경에 이르는 것만큼

슬픈 일은 없을 것이다.

은둔은 좋은 해결책이다.

조용하고 고요한 시간 속에서

나에게 귀를 기울여 주는 시간이 필요하다.

홀로 있는 시간을 나를 돌아보는 시간으로,

나를 다독이는 시간으로 만들 줄 알아야 한다.

우리는 모두 외로울 용기가 필요하다.

사랑은 흔적을 남긴다

안녕, 서원

사랑은 흔적을 남긴다.

사람의 중심에 있는 잘린 탯줄의 흔적,

예수 그리스도 십자가의 못 자국.

구름에도 그림자가 있더라.

눈을 감아도 선명했던 것들이

어느 순간 눈을 크게 뜨고 찾아도 보이지 않았다.

한때는 예쁜 말이 예쁜 사람인 줄 알던 때가 있었다.

한 겹 성장하며 사람을 바라보는 시선도 한 겹 단단해졌다.

가야 하는 길을 사랑하며 갈 수 있기를 소망한다.

나의 삶의 흔적이 사랑의 흔적이 될 수 있길.

누군가의 소망을 살리고

생명을 살리고

영혼을 살릴 수 있기를….

서원을 나서며

오래된 것은 낡고 지루한 것으로 취급되기 쉬운 세상에서
다락방 먼지 속 귀중한 것을 발견하는 마음으로
삶의 가치를 다루었다.

서원은 단순히 지식을 배우던 곳이 아니었다.
자연 속에서 한 인간이 참사람으로
성장하길 바라는 공간이었다.

흔히 서원을 설명할 때 제향과 강학,
그리고 교류와 유식을 하던
조선시대의 사립학교라고 한다.

제향이란 존경하는 선현을 추모하고 기억하는 것을 말하며
강학은 학문을 갈고닦아 연구하는 것을 의미한다.
교류란 정치, 문화적 교류의 장이었음을 의미하고
유식이란 자연 속에서 심신을 수양하는 것을 의미한다.

이것은 우리가 삶을 살아 나갈 때 중요한
인생의 영역과 꼭 닮아 있는 듯하다.

안녕, 서원

기억해야 하는 가치가 있으며,
배우고 익혀야 하는 가르침이 있다.

배운 것을 가지고 다른 이들과 함께 더불어 살아가며
우리의 숨 쉬는 터전이 자연임을 잊지 말고 아끼며
때론 쉬어 갈 줄도 알아야 한다.

유네스코에 등재된 서원 9곳을 함께 나누었다.
당신에게 잠시 쉴 곳이 되었다면,
작은 위로가 되었다면,

그것으로 넘치게 감사하다.